Conformément aux statuts de la Société des Textes Français Modernes, ce volume a été soumis à l'approbation du Comité de lecture, qui a chargé M. Robert Garapon d'en surveiller la correction en collaboration avec M. Roger Guichemerre.

Conformément aux statuts de la Société des Textes français modernes, ce volume a été soumis à l'approbation du Comité de lecture, qui a chargé M. Robert Garapon d'en surveiller la correction en collaboration avec M. Roger Guichemerre.

L'HÉRITIER RIDICULE
OU
LA DAME INTÉRESSÉE

Il a été tiré de cet ouvrage
30 exemplaires sur Vergé de Hollande
des Papeteries « Van Gelder Zonen »
numérotés de 1 à 30,
qui constituent l'édition de luxe.

SOCIÉTÉ DES TEXTES FRANÇAIS MODERNES

PAUL SCARRON

L'HÉRITIER RIDICULE
OU
LA DAME INTÉRESSÉE

COMÉDIE

Texte établi, présenté et annoté

par

ROGER GUICHEMERRE

PARIS
LIBRAIRIE NIZET
3 bis, place de la Sorbonne

1983

Ouvrage publié avec l'aide du C.N.R.S.

DU MÊME AUTEUR

La Comédie avant Molière (1640-1660), Paris, A. Colin, 1972.

Cl. de l'Estoile, *L'Intrigue des Filous*, éd. critique, Paris, H. Champion, 1977.

La Comédie classique en France. De Jodelle à Beaumarchais, Paris, P.U.F., 1978.

La Tragi-comédie, Paris, P.U.F., 1982.

ISBN 2-86503-176-4

INTRODUCTION

I

La comédie « à l'espagnole » et les premières pièces de Scarron

L'Héritier ridicule, représenté en 1649, pendant la Fronde, et publié l'année suivante [1], est la troisième comédie que Scarron porte à la scène [2], et, comme les précédentes, imitée d'une *comedia* espagnole, *El Mayorazgo figura*, d'Alonso del Castillo Solórzano.

Depuis une dizaine d'années, en effet, la mode est à la comédie « à l'espagnole » [3]. Le Métel d'Ouville est l'initiateur, qui donne dès 1639 l'*Esprit folet*, adaptation de *la Dama duende*, de Calderón, pièce suivie par *les Fausses Vérités*, *l'Absent chez soy*, *la Dame Suivante*, *Jodelet Astrologue*, *la*

1. Voir H. Carrington Lancaster, *A History of French Dramatic Literature in the Seventeenth Century*, Part II, vol. II, p. 729.

2. Contrairement à ce qu'on a longtemps cru, *Dom Japhet* n'aurait pas été représenté pendant la saison 1646-47 (voir l'éd. R. Garapon, p. IX-X), mais, d'après les recherches menées par R. Picard et R. Garapon lui-même, en 1651-52, donc après *L'Héritier ridicule*. Voir R. Garapon, éd. du *Roman Comique*, Imprimerie Nationale, 1980, *Introduction*, p. 12.

3. Sur ce point, nous nous permettons de renvoyer le lecteur à l'*Introduction* de notre ouvrage consacré à *La Comédie avant Molière*, Paris, A. Colin, 1972.

Coiffeuse à la Mode, toutes œuvres tirées de *comedias* [1], qui sont représentées et paraissent de 1640 à 1647. Le mouvement est lancé et les dramaturges français, à l'envi, imitent désormais les auteurs d'outre-monts. Après Pierre Corneille, qui emprunte les sujets du *Menteur* et de *la Suite du Menteur* à Alarcón et à Lope, Scarron, Boisrobert, Thomas Corneille vont s'inspirer, avec plus ou moins d'originalité, des *comedias* de Calderón, de Lope, de Rojas, de Solórzano, d'autres encore, acclimatant en France une comédie aux intrigues mouvementées, fertile en situations piquantes et en péripéties romanesques — rendez-vous secrets, déguisements et quiproquos, amants surpris, rivaux ou parents tirant facilement l'épée, etc. —, égayée par les impertinences ou le comportement farcesque des valets ou des personnages ridicules. Scarron est l'un de ceux qui sacrifièrent le plus à cette mode, puisque la quasi totalité de son théâtre s'inspire de pièces espagnoles [2].

Dans sa première comédie, *Jodelet ou le Maître-Valet* (représentée en 1643, publiée en 1645), adaptée de Rojas [3], un double déguisement — Dom Juan et son valet Jodelet échangeaient leurs habits — amenait des scènes bouffonnes, avec ce laquais travesti scandalisant tout le monde par ses mauvaises manières et son langage grossier, ou des situations piquantes : Isabelle, peu disposée à épouser le faux Dom Juan, ne pouvait cacher son inclination pour celui qu'elle croyait un valet. L'intrigue était corsée par les aventures romanesques de la sœur de Dom Juan, qui retrouvait son ancien séducteur, Dom Louis, devenu le rival du héros et croisant le fer avec lui, avant qu'un double mariage termine heureusement la pièce.

Outre les péripéties et les coups de théâtre, le jeu et la verve du célèbre farceur Jodelet, alias Julien Bedeau [4],

---

1. Respectivement *Casa con dos puertas*, de Calderón ; *El Ausente en el lugar*, de Lope ; *La Doncella de labor*, de Montalván ; *El Astrólogo fingido*, de Calderón ; *Tres Mujeres en una*, de Remón.

2. Seul, *le Prince Corsaire* ne paraît pas s'inspirer d'une *comedia*.

3. *Donde hay agravios no hay celos, y amo criado.*

4. Voir sur Jodelet l'excellent article de Colette Cosnier, *Jodelet, un acteur du XVII*e *siècle devenu un type*, in R.H.L.F., 1962.

avaient assuré le succès de cette comédie de cape et d'épée. Scarron met à profit l'engouement du public pour cet acteur en donnant, en 1645, *Les Trois Dorothées ou le Jodelet souffleté* (publié en 1647), où il imite une autre pièce de Rojas [1]. Ici encore, l'intrigue romanesque — Dom Diègue, fiancé à Hélène et épris de sa sœur Lucie, et cette dernière, destinée au volage Dom Felix, mais aimant Dom Diègue, utilisent différents stratagèmes pour éliminer les obstacles et convaincre le père de les marier — était égayée par les scènes cocasses dont Jodelet était le héros : ainsi celle où, pour venger un soufflet, il s'exerce à pourfendre un adversaire imaginaire pour se laisser finalement rosser par son insulteur. Ce genre de scènes fit le succès de la pièce, rebaptisée pour cette raison *Jodelet Duelliste*, en 1651.

Malgré l'importance que Scarron lui donne, le personnage du valet bouffon, tout en fournissant l'essentiel du comique de ces pièces, n'en était qu'un élément d'appoint, comme le *gracioso* de la *comedia*, l'intrigue étant centrée sur les problèmes sentimentaux des protagonistes.

Avec l'*Héritier ridicule*, le personnage comique est au centre de l'action, comme dans la *comedia de figurón* de Solórzano, dont Scarron s'inspire, *El Mayorazgo figura* [2]. Le valet Filipin, déguisé en gentilhomme galicien, comme naguère Jodelet, qui se faisait passer pour son maître, amuse lui aussi par ses manières grossières et son parler saugrenu. Mais, cette fois, il est devenu le protagoniste de l'intrigue : c'est lui qui a l'initiative du déguisement, et c'est lui qui dupe « la dame intéressée », en lui faisant croire qu'il est noble et héritier d'une grosse fortune. Scarron a donc réussi ici, mieux que dans ses pièces précédentes, à fondre le comique dans l'action : le spectateur ne rit pas seulement des incon-

---

1. *La Traición busca el castigo*. Scarron utilise aussi une pièce de Tirso de Molina, *No hay peor sordo*.

2. Sur la *comedia de figurón*, c'est à dire la comédie qui met au centre de l'action un personnage bouffon, voir l'article de J. R. Lanot, *Pour une sociologie du « figurón »*, in *Risa y sociedad en el teatro español del siglo de oro*, Toulouse, 1980, p. 131-151. Le titre espagnol signifie « l'héritier bouffon ».

gruités d'un bouffon, chargé à lui seul du comique dans une intrigue romanesque ; il se divertit aussi du stratagème et de la mystification dont le bouffon est à la fois l'instigateur et l'instrument.

Le succès de la pièce incitera Scarron à continuer dans le genre de la *comedia de figurón* : il donnera en 1651 sa pièce la plus connue, *Dom Japhet d'Arménie*, encore imitée de Solórzano (*El Marquès del Cigarral*), dont l'intrigue romanesque — l'idylle amoureuse entre le pseudo-valet de Dom Japhet et Leonore, qu'on croit fille de paysan, mais qui est en réalité la nièce du commandeur de Consuègre — est éclipsée par les scènes bouffonnes où le héros, déjà ridicule par son langage affecté et ses prétentions, est le souffre-douleur des autres personnages, qui lui jouent une série de tours réjouissants, sinon très raffinés. Et après *Dom Japhet*, *Le Gardien de soy-mesme* et *Le Marquis ridicule* (1655-56) auront une fois de plus pour protagoniste un bouffon grotesque, paysan travesti ou gentilhomme assez rustre, dont les manières et les propos inconvenants égayeront encore les spectateurs.

L'*Héritier ridicule* est donc la première de ces pièces à protagoniste bouffon, et, à en juger par la conduite habile de l'intrigue, la part prépondérante qu'y prend le valet travesti — Dom Japhet est une victime, tandis que Filipin est l'auteur de la mystification —, par le comique de la « charge » — Filipin joue un rôle, et est plus plausible que Dom Japhet ou que Dom Blaise, véritables fantoches comparables au Ragotin du *Roman Comique* [1] —, nous verrions volontiers dans cette pièce « le chef d'œuvre de la comédie burlesque » [2].

1. Voir R. Garapon, *op. cit.*, p. 12.
2. L'expression est de R. Garapon, qui l'emploie à propos de *Dom Japhet* et rappelle excellemment (éd. de *Dom Japhet*, p. XX) que la comédie burlesque, au sens étymologique, « se définit par les bons tours (*burlas*) que l'on joue à un personnage extravagant ». Ici, c'est le personnage extravagant, ou qui feint de l'être, qui joue les bons tours.

II

L'intrigue et les personnages

L'intrigue principale de la pièce est simple. Le héros, Dom Diègue, mis en garde contre l'esprit intéressé d'Hélène, dont il était épris, feint d'être déshérité au profit d'un cousin — en réalité son valet déguisé —, qui fait la cour à la belle. Le stratagème réussit : malgré les ridicules du personnage, Hélène est prête à l'épouser à cause de sa richesse prétendue, quand on lui apprend sa condition véritable, révélation qui la laisse humiliée et furieuse, tandis que Dom Diègue épousera Léonor, une jeune fille moins intéressée.

Un autre « fil » se rattache étroitement à cette intrigue : ce sont les démarches de Léonor, qui cherche à retrouver, puis à conquérir Dom Diègue, qui l'a jadis sauvée d'un incendie. C est elle qui, après avoir revu son sauveteur, lui déclare son amour, sous couleur de parler pour une autre, et qui tente de le détourner d'Hélène en lui révélant la cupidité de la jeune femme. Cette intrigue, secondaire, que Scarron, à la différence de son modèle espagnol, nous présente d abord [1], détermine l'intrigue principale : Léonor, en rendant visite à Dom Diègue (II, 4), éblouit le jeune homme par sa beauté et l'informe des sentiments véritables d'Hélène, le déterminant ainsi à accepter le subterfuge proposé par Filipin pour s'en assurer [2].

En revanche, d'autres « fils » sont moins nécessaires à l'action et ne servent qu'à corser une intrigue qui risquait d'être trop mince. Ainsi la cour infructueuse que Dom Juan fait à Léonor et le « change » de ce prétendant rebuté

1. Presque tout l'acte I est consacré à Léonor, qu'on voit chercher, puis retrouver son sauveteur chez sa rivale.

2. Il y a donc ici unité d'action, l'intrigue principale étant déterminée par l'intrigue secondaire. Voir J. Scherer, *La Dramaturgie Classique en France*, p. 101 sqq.

qui, à l'acte IV, annonce inopinément qu'il va maintenant courtiser Hélène. Toutefois l'importunité de ce grotesque permet d'abord les retrouvailles de Léonor et de Dom Diègue — c'est en voulant éviter Dom Juan que Léonor entre chez Hélène et y revoit son bel inconnu (I, 2-3) —, et son inconstance le fait devenir le rival bouffon de Filipin, au quatrième acte. Plus accessoires encore sont les amours de Filipin, qui, tout en jouant le personnage de Dom Pedro de Buffalos, montre quelque inclination pour la jolie Paquette (V, I), ou que la perspective du mariage détourne de Béatris (V, 5). Les scènes amusantes dont ces personnages sont les héros — la sérénade nocturne et la déconfiture des deux rivaux à l'acte IV ; les dialogues piquants entre Filipin et les deux servantes à l'acte V — servent à étoffer quelque peu une intrigue qui, sans elles, aurait pu se terminer au quatrième acte [1].

Indépendamment de ces scènes « de remplissage », la progression de l'intrigue est régulière. Le premier acte, consacré aux retrouvailles de Léonor et de son beau sauveteur, nous présente les personnages. L'action commence véritablement à l'acte II avec l'annonce de l'héritage, la visite de Léonor à Dom Diègue et l'initiative de Filipin pour démasquer Hélène. L'acte III nous fait assister à la réalisation du stratagème : Hélène éconduit Dom Diègue, qui se dit déshérité, et fait bon accueil au pseudo-Dom Pedro de Buffalos, dont la richesse prétendue fait oublier les ridicules. Le quatrième acte consomme la rupture entre Dom Diègue et Hélène, désormais brouillée avec sa rivale, tandis que l'affrontement entre Dom Juan et Filipin sombre dans le ridicule. A l'acte V enfin, Hélène, qui projetait déjà un avenir brillant, est brutalement désabusée et, abandonnée par tous, s'enfuit, la rage au cœur, tandis que Dom Diègue épouse celle qui l'aimait sincèrement.

---

1. En effet, dès le début de l'acte IV, Dom Diegue, désabusé sur le compte d'Hélène, est décidé à épouser Léonor, ainsi parvenue à ses fins. Une scène, qu'on aura seulement en V, 4, suffirait pour détromper Hélène sur son prétendant et la punir ainsi de son esprit intéressé.

Si la conduite de la pièce est régulière, on y remarque toutefois une dualité d'inspiration qu'on pouvait noter déjà dans les comédies précédentes de Scarron. Toute une partie de l'intrigue est purement romanesque : c'est surtout l'aventure de Léonor, éprise du bel inconnu qui l'a sauvée d'un incendie, le retrouvant — coïncidence ! — chez sa rivale, allant le voir, masquée, et lui déclarant sa passion en feignant de parler pour une autre femme, ou encore cachant dans un cabinet son galant à l'arrivée d'Hélène, ce qui nous vaut une situation plaisante lorsque celle-ci y surprend son ancien prétendant. Les situations et les scènes de ce genre n'étaient pas rares dans la *comedia* espagnole ou dans les pièces françaises qui s'en inspiraient [1].

Mais, à partir de l'arrivée du prétendu héritier (III, 2), le romanesque fait place au burlesque. Les manèges de Léonor et les inquiétudes de Dom Diègue passent au second plan, tandis que le valet déguisé et ses galanteries grotesques occupent le devant de la scène. L'existence même d'un rival, Dom Juan, traditionnelle dans les *comedias* où elle donne lieu à des affrontements dramatiques, ne sert ici qu'à introduire des épisodes farcesques : sérénade bouffonne, coups de bâton dans l'obscurité, forfanterie et couardise des adversaires. L'intrigue ne reprend ses droits qu'au dénouement, avec le *desengaño* d'Hélène et le mariage de Dom Diègue avec Léonor.

Ainsi une situation romanesque — une jeune fille tente d'enlever à une rivale l'homme dont elle est éprise — sert en somme d'introduction à une comédie burlesque, dont un personnage bouffon est le centre [2].

Les personnages reflètent aussi la dualité d'inspiration de la pièce. Les « amoureux » relèvent de la tradition romanesque. Dom Diègue est le type du « galant », chevaleresque avec les dames (I, 4), courtois envers ses amis (II, I ; V, 3),

1. Voir plus bas, III, *Modèles espagnols et français.*

2. De la même façon que, dans la comédie suivante de Scarron, l'intrigue sentimentale entre Dom Alfonce et Léonore sera surtout un prétexte aux apparitions cocasses de Dom Japhet.

fidèle à sa maîtresse (II, 4), mais, lorsque la trahison d'Hélène est avérée, jurant un amour éternel à Léonor (IV, I). Celle-ci a plus de relief : cette jeune fille, qui a voué un amour romanesque à l'homme qui l'a sauvée d'un incendie (I, I), sait se montrer cruelle envers un soupirant importun (I, 3). Habile à s'enquérir de la nature des relations entre Dom Diègue et Hélène (I, 5), elle a la hardiesse de se déclarer à Dom Diègue et de le détourner de sa rivale, en révélant son esprit intéressé (II, 4). Enfin sa politesse raffinée peut faire place à une ironie particulièrement acérée. Ingénue romanesque, amoureuse inquiète (IV, 3), intrigante effrontée, mondaine méprisante et railleuse, ces visages successifs de Léonor nuisent quelque peu à la cohérence du personnage. Mais la passion peut justifier sa hardiesse ou sa violence, et surtout ce caractère relève d'une tradition théâtrale qui, depuis Hardy et Rotrou, nous présente de jeunes amoureuses assez intrépides pour conquérir l'homme de leur choix et l'arracher à une rivale [1].

Le personnage d'Hélène est plus original. Courtoise envers l'inconnue qu'elle aide à fuir un amoureux importun (I, 2-3), sa politesse fait place à la fureur, lorsqu'elle s'aperçoit que son obligée est sa rivale (IV, 2). C'est avant tout — voir le sous-titre de la pièce — une femme intéressée, ne répondant à l'amour de Dom Diègue que dans l'espoir qu'il héritera d'une grosse fortune [2]. Elle le déclare avec un certain cynisme, d'ailleurs, à Léonor (I, 5). Aussi, lorsque son amant lui apprend qu'on l'a déshérité (III, 1), après quelques belles paroles, elle l'éconduit sans ménagements. On peut

---

1. Voir par exemple de Hardy, *Félismène* ; de Rotrou, *la Pèlerine amoureuse*, *Amélie*, *les Deux Pucelles* ; de Mareschal, *La Généreuse Allemande* ; de d'Ouville, *la Dame Suivante*, *La Coiffeuse à la Mode*, etc.

2. Roquespine avertit son maître des sentiments véritables d'Hélène dès le début du deuxième acte (II, I, v. 413-14) :

> ... moy, qui vois bien clair, Monsieur, je vous apprend
> Que le bien de vostre oncle est tout ce qu'elle attend.

Souvent, dans *L'Héritier ridicule*, les personnages, avant d'être montrés en action, sont présentés par un autre : ainsi Dom Diègue par Hélène (I, 5), Dom Juan par Dom Diègue (II, 1 et IV, 3).

s'étonner qu'elle accepte d'épouser le malotru grotesque qui se fait appeler Dom Pedro de Buffalos, mais sa fortune prétendue le fait passer sur le reste :

> Opulent comme il est, moy n'ayant point de bien,
> Il est bien mieux mon fait ;

et elle espère d'ailleurs corriger ses manières (III, 3, v. 945-46). Éblouie par les richesses que Dom Pedro étale complaisamment (III, 3 et V, 2), sa déconvenue sera d'autant plus grande, quand elle apprendra que son prétendu n'est qu'un laquais (V, 4). Humiliée devant l'amant qu'elle a méprisé et devant sa rivale, sollicitant en vain l'appui de Dom Juan, elle part, la rage au cœur, sous les railleries de Léonor et les quolibets de Filipin.

Il n'est guère de comédie « à l'espagnole » qui ne comporte un rival, qui souvent croise l'épée avec le galant, à moins qu'il ne lui tende un guet-apens. Ici, le personnage de Dom Juan, peu consistant, versatile — amoureux transi de Léonor, il change brusquement et se dit épris d'Hélène (IV, 3) —, est surtout une utilité, provoquant la rencontre de Léonor avec Hélène et Dom Diègue (I, 2-4), ou affrontant Filipin dans une scène bouffonne (IV, 5). Il a quelque chose du capitan [1], défiant son adversaire de loin (IV, 3, v. 1097-8 ; v. 1109-12), mais se laissant rosser sans résistance par Dom Diègue, tremblant de peur quand il se trouve en face de Filipin (IV, 5, v. 1249 ; v. 1257), et faisant à nouveau le brave lorsque le danger est passé (v. 1292-94). Ce personnage mixte, tout en appartenant au groupe des amoureux romanesques, — c'est une caricature de l'amant transi —, compte aussi au nombre des bouffons chargés de faire rire le spectateur.

Parmi ces derniers, c'est évidemment Filipin qui a le rôle essentiel. Ce valet a les traits typiques du *gracioso* de la *comedia* : bavard, impertinent et même grossier (v. 514, 646),

---

1. Dom Diègue signalait dès II, 1, la double prétention du personnage d'être à la fois un guerrier redoutable et un séducteur irrésistible, trait caractéristique du type. Voir notre ouvrage sur *La Comédie avant Molière*, p. 143 sqq.

goinfre et un peu ivrogne (v. 501-05) [1], sensuel (V, 1) et poltron (IV, 5), bref le contraire de l'*hidalgo*. Mais Scarron ne se borne pas à faire de Filipin le valet plaisant destiné à égayer une intrigue romanesque — ce qu'était Jodelet, dans ses deux premières comédies — ; en le chargeant de jouer l'héritier ridicule, il l'installe au centre de la pièce. Dès lors, c'est lui qui assume la part essentielle du comique, réjouissant le spectateur par la grossièreté de ses propos et de ses manières, ainsi que par le langage ahurissant qu'il emploie.

A côté de lui, les autres domestiques ont un rôle beaucoup plus réduit. L'écuyer Roquespine paraît seulement pour donner d'utiles conseils à son maître. Paquette, à la fois sentimentale et réaliste, ne cache pas le dégoût que lui inspire le « Gallègue » (III, 3), dont elle tente vainement de détourner sa maîtresse ; elle est aussi très consciente de ses charmes [2]. Béatris, qui paraît davantage, a les caractères de la suivante de comédie : franc-parler avec sa maîtresse, indulgence pour ses amours, sens pratique, don de la repartie qu'elle exerce aux dépens de Filipin (II, 3 et V, 5). Un passé douloureux qu'elle évoque discrètement (I, 1, 99 sqq.), pourrait donner une certaine épaisseur au personnage, mais cet aspect n'est pas exploité par l'auteur.

Ni l'intrigue, ni les personnages ne sont de l'invention de Scarron, et il nous faut examiner maintenant les modèles dont notre dramaturge s'est inspiré.

---

1. Cet aspect traditionnel du *gracioso* paraît peu ici, alors qu'il était plus marqué chez Jodelet. Voir *Jodelet ou le Maître-valet*, en part. I, 3 ; III, 2 ; IV, 2, etc.

2. La tirade satirique qu'elle débite contre les femmes fardées, est évidemment un morceau d'auteur (V, I, v. 1323-40), qu'on peut s'étonner d'entendre de la bouche d'une servante. Filipin, d'ailleurs, se demande d'où elle prend « tant d'esprit » (v. 1341).

III

Modèles espagnols et français

Pour écrire *L'Héritier ridicule*, Scarron se tourne encore une fois vers le théâtre espagnol : c'est une *comedia* d'Alonso del Castillo Solórzano, *El Mayorazgo figura*, qu'il va adapter dans son *Héritier ridicule*.

Analysons brièvement la comédie de Solórzano [1].

Première Journée.

Don Diego est épris d'Elena, mais celle-ci diffère toujours le mariage. Le valet Feliciano blâme cet esprit intéressé. Mais le laquais Marino apporte une bonne nouvelle : l'oncle de Don Diego est mort et lui laisse sa fortune.

Cependant, Leonor confie à sa servante Luisa qu'elle aime un homme qui l'a jadis sauvée d'un incendie. Elle l'a revu à l'église, en compagnie d'une femme, et elle le cherche pour savoir s'il est libre ou non, décidée qu'elle est à l'épouser.

Inés s'étonne que sa maîtresse Elena ne réponde pas à l'amour de Diego. A ce moment, survient Leonor, qui fuit l'importun Don Juan. Diego paraît opportunément et emmène Don Juan, tandis que Leonor, restée avec Elena, apprend de celle-ci qu'elle ne veut pas épouser Diego avant d'être sûre qu'il a hérité de son oncle du Pérou.

Ainsi renseignée, Leonor, voilée, rend visite à Diego et lui apprend qu'Elena ne s'intéresse qu'à sa fortune ; elle lui rappelle que c'est elle qu'il a sauvée naguère d'un incendie, et lui confie que, s'il n'était pas engagé à une autre, une belle et riche dame pourrait l'aimer.

Feliciano conseille à son maître de laisser Elena pour cette femme qui, Diego l'a bien deviné, parlait pour elle-

1. Le texte se trouve au tome XLV de la *Biblioteca de Autores Españoles*, consacré aux contemporains de Lope de Vega, vol. II, p. 289-307.

même. Afin de connaître les vrais sentiments d'Elena, Marino propose de se faire passer pour un cousin de Diego, auquel l'oncle péruvien aurait légué toute sa fortune.

Deuxième Journée.

Diego, feignant la tristesse, dit à Elena que son oncle l'a déshérité au profit de son cousin. Elena le console d'abord, mais, quand il parle de mariage, elle lui déclare qu'elle ne saurait vivre dans la pauvreté. Diego lui reproche sa cupidité et lui souhaite bien du bonheur avec son grossier cousin.

Justement celui-ci paraît, sous le nom de Don Payo de Cacabelos. En un langage prétentieux et obscur, il déclare sa flamme à Elena, et lui énumère complaisamment tous les biens que son oncle lui a légués. Elena le laisse espérer.

Tandis que Don Juan prie Don Pedro, l'oncle de Leonor, de parler à celle-ci en sa faveur, Diego offre son cœur à la jeune fille, lui expliquant comment il a découvert l'esprit intéressé d'Elena. Comme cette dernière arrive, Diego se cache dans un cabinet attenant ; mais, Leonor ayant dû s'absenter un moment, Elena découvre son ancien amant. Furieuse, elle échange des propos aigres-doux avec Leonor, avant de la quitter. Mais Diego se soucie peu qu'on l'ait vu : seule, Leonor lui importe.

Troisième Journée.

Don Juan, voyant qu'il n'a rien à espérer de Leonor, songe maintenant à épouser Elena et prie Diego de parler pour lui à la belle. L'autre y consent, tout en l'avertissant qu'elle a des vues sur son maudit cousin.

Ce dernier courtise aussi la servante Inés, qu'il embrasse devant l'écuyer Urbina. Mais Elena paraît : comptant sur l'argent de son prétendu, elle projette des achats variés (vêtements somptueux, voitures, serviteurs). Diego interrompt l'entretien et apprend à Elena que Don Juan souhaite l'épouser : elle refuse, bien décidée à prendre Don Payo pour mari.

Leonor et Luisa, conversant devant leur fenêtre, aperçoivent Marino-Don Payo. Il leur tient des propos galants, mais, comme il s'approche de la *reja*, Leonor le retient, tandis que deux valets lui ôtent ses vêtements. Diego arrive alors, et, sans le reconnaître, lui donne des coups.

Maintenant Elena, superbement vêtue, se prépare à épouser Don Payo. Leonor la complimente ; puis arrive le prétendu, suivi de Diego et de Juan. Diego allègue un empêchement au mariage et Don Payo confesse qu'il n'est qu'un laquais : Diego l'a travesti pour éprouver les sentiments d'Elena à son égard. Elena, furieuse, offre sa main à Don Juan, s'il veut la venger ; mais il se prétend fiancé. Elle va sortir, désespérée, quand Diego la retient : Don Juan mentait et est prêt à l'épouser. Elle accepte et pardonne. Quant à Marino, aucune des deux servantes ne veut de lui.

La comparaison des deux pièces montre à l'évidence que Scarron a suivi de près la *comedia* espagnole, mais aussi qu'il y a apporté des modifications notables, améliorant la composition et ajoutant des scènes, des tirades ou des dialogues de son cru.

Les deux premiers actes de *L'Héritier ridicule* correspondent à la Première Journée de la pièce de Solórzano. Ils exposent la situation : la passion de Dom Diègue pour Hélène et les atermoiements de celle-ci, d'une part ; l'amour de Léonor pour Dom Diègue et son indifférence à l'égard de Dom Juan, de l'autre. Puis, l'action commence : Léonor, informée des sentiments véritables d'Hélène, se déclare à Dom Diègue, tandis que le valet de celui-ci imagine son stratagème. Mais Scarron a modifié l'ordre et l'enchaînement des scènes.

Solórzano nous présentait successivement Diego, inquiet sur les sentiments d'Elena à son égard ; puis Leonor, confiant à Luisa son amour romanesque ; et enfin Elena, peu pressée de répondre à l'amour de Diego. L'entretien de Leonor et d'Elena était suivi immédiatement de la visite de Leonor à Diego. D'où une impression de morcellement et des changements précipités de lieux et de personnages.

Scarron évite cela en modifiant l'ordre des scènes — l'acte I est essentiellement consacré à Léonor, le second à Dom Diègue —, et en mettant plus de continuité dans le déroulement des événements. Il nous montre d'abord Léonor, confiant ses sentiments à Béatris et retrouvant chez

Hélène, où elle a cherché refuge contre l'importun Dom Juan, l'homme dont elle est éprise. C'est là qu'elle apprend que sa rivale tient moins à Dom Diègue qu'à la fortune qu'il espère. Dans l'acte II, qui se passe chez Dom Diègue, nous voyons celui-ci apprendre qu'il a hérité, recevoir la visite de Léonor, et consentir au stratagème imaginé par Filipin. Cette simple redistribution des scènes, par ailleurs identiques dans les deux pièces, assure à la comédie de Scarron, on le voit, plus de cohérence et de suite.

L'acte III et les deux premières scènes de l'acte IV suivent fidèlement la Deuxième Journée du *Mayorazgo Fgura* : Dom Diègue, soi-disant déshérité, est éconduit par Hélène, qui fait bon accueil à l'héritier prétendu, en dépit de ses manières et de son langage. Puis Dom Diègue, épris maintenent de Léonor [1], est surpris chez elle par Hélène, ce qui provoque la brouille des deux femmes. Scarron se borne ici à simplifier son modèle : il supprime des répétitions maladroites — chez Solórzano, Diego informait Leonor de ce que le spectateur avait déjà vu ! —, ainsi que des scènes inutiles — celle où Don Juan prie Don Pedro de parler en sa faveur ; celle où Luisa rapporte à sa maîtresse qu'elle a vu Diego chez Elena. Quant à la venue de Don Pedro chez Leonor, qui interrompt l'entretien entre celle-ci et Elena et provoque la découverte de Diego, elle est seulement mentionnée dans *L'Héritier ridicule* :

C'est un oncle, tuteur, qui là-bas me demande.

En revanche, la dispute, assez piquante, entre les deux femmes est allongée chez Scarron.

La Troisième Journée du *Mayorazgo Figura* est très modifiée dans l'adaptation française. Certes mainte scène se retrouve dans l'*Héritier ridicule* : ainsi la cour que le valet fait à la servante (V, I), les préparatifs de la noce et les achats projetés (V, 2), la mise en garde de Dom Diègue (V, 3),

1. Le découpage en actes a l'avantage de permettre un intervalle de temps entre les événements. La déclaration de Dom Diègue à Léonor paraît plus naturelle, si un certain laps de temps s'est écoulé après la désillusion du héros, à l'acte III.

et, bien entendu, le *desengaño* du dénouement [1]. Mais certains épisodes de la *comedia* ont disparu, comme la jalousie comique d'Urbina, qui a surpris Don Payo en train d'embrasser Inés, ou bien l'intermède bouffon au cours duquel Don Payo est déshabillé par les valets de Leonor et rossé par son maître. En revanche, la sérénade burlesque de Filipin, que vient troubler Dom Juan, et l'intervention de Dom Diègue et de Roquespine, qui bâtonnent les deux rivaux, pareillement lâches et fanfarons, sont de l'invention de Scarron, qui a sans doute voulu, avec ces scènes farcesques, à la fois étoffer et égayer son quatrième acte. Le dénouement, enfin, est différent dans les deux pièces : chez Solórzano, Elena se console avec Don Juan, qui accepte de l'épouser, tandis que l'Hélène de Scarron, repoussée par tous, s'en va, humiliée et menaçante, dénouement sévère, mais dont les plaisantes tirades de Filipin et de Béatris nous font oublier l'amertume.

En somme, pour l'essentiel, Scarron a suivi l'intrigue de son prédécesseur, mais il a concentré la composition, simplifié l'intrigue en éliminant quelques scènes superflues, et corsé le sujet par un épisode de son invention.

Dans le détail, l'imitation est parfois flagrante : certaines tirades et de nombreuses répliques sont littéralement traduites de l'espagnol [2]. Mais, ici plus encore que dans la composition, Scarron a su faire preuve d'originalité.

D'abord il allège souvent le dialogue : moins de longues tirades et davantage de répliques courtes. En veut-on quelques exemples ? Chez Solórzano, la scène où Leonor se confie à Luisa est presque entièrement remplie par le récit de la jeune fille (près de 200 vers) ; Scarron réduit la longueur du récit (60 vers), équilibre les rôles en donnant à Béatris quelques tirades, anime la conversation par quelques échanges de reparties rapides (I, 1). Ailleurs, (II, 2), il ajoute un dialogue de son invention : alors que, dans la pièce espagnole,

---

1. Dans Scarron, c'est Dom Diègue, et non son valet, qui désabuse Hélène.

2. Elles sont signalées en note, avec le texte espagnol correspondant.

Marino se borne à réclamer une récompense (*albricias*) pour la bonne nouvelle qu'il apporte et qu'il annonce sans tarder :

> Pues digo en breves razones
> Que tu tío se murió
> Y su hacienda te mandó,
> Que en barras y patacones
> Son doscientos mil ducados,

Filipin, dans *L'Héritier ridicule*, se fait prier pour parler et badine avec son maître en un dialogue enjoué, avant d'annoncer la mort de l'oncle et l'héritage. Au lieu du dénouement bâclé de Solórzano — après avoir fait mine de refuser, Don Juan accepte d'épouser Elena et elle pardonne —, Scarron nous montre une femme aux abois, que successivement Dom Juan, Dom Diègue et Filipin repoussent, en tirades parallèles, et, à la place des quatre répliques un peu sèches qui règlent le sort de Marino, la timide requête de Béatris est suivie de deux tirades pittoresques sur les inconvénients du mariage ou les multiples galants qui consoleront la servante.

Surtout Scarron a prêté à son Dom Pedro de Buffalos un langage fort différent du style du Don Payo espagnol. Solórzano, en donnant à son héros un parler ridicule, s'amusait à parodier le style « *culto* » que Góngora avait mis à la mode, style caractérisé par l'abondance des néologismes ou des latinismes, les hyperboles, les métaphores alambiquées, les hyperbates et les inversions artificielles [1]. Tout

---

1. Ainsi, Don Payo, ébloui par l'éclat de la beauté d'Elena, dit à son « cousin » qui la regarde sans ciller :

> Admiro en mi señor primo
> El aquilino valor,
> Pues no le ciega un ardor
> Tan esplendente y opimo.

(Scarron conservera « l'aquiline valeur » : III, 3, v. 747).
S'adressant à la belle, il n'épargne pas les métaphores inattendues :

en conservant quelques comparaisons ou quelques tournures ridicules de son modèle, Scarron n'a pu utiliser un comique accessible seulement à un public castillan, prêt à se gausser des excès du cultéranisme ainsi parodié au théâtre. Dom Pedro, lui, va parler le langage burlesque, avec sa bigarrure de mots hétéroclites, ses expressions contournées, ses métaphores grotesques, ses dissonances réjouissantes [1], création originale et pleine de saveur, qui réjouit les contemporains.

Si Scarron doit l'essentiel de sa pièce à son modèle espagnol, le théâtre français de son temps lui a fourni aussi quelques situations ou quelques jeux de scène.

L'Héritier ridicule présente en particulier avec une pièce de d'Ouville, *La Dame Suivante* (1645), des analogies qui ne peuvent être fortuites. Cette comédie nous montre les efforts d'une jeune fille, Isabelle, pour se faire aimer de Climante et le détacher d'une rivale, Léonor, dont il est épris, sujet évidemment très voisin de celui de l'*Héritier ridicule* où l'on voit de même la jeune Léonor séduire Dom Diègue et l'enlever à Hélène. Mais les ressemblances ne s'arrêtent pas là. L'héroïne de la pièce de d'Ouville, riche et belle comme Léonor [2], est comme elle importunée par un soupirant [3] qu'elle cherche à éviter :

Con la duplicada lumbre
Hacen los soles visivos
Delictos ejecutivos,

ou encore :

... a tanto golfo me entrego
De luz fulgente y brillante,
Que me temo naufragante ;

à moins que, louant les couleurs exquises que la modestie peint sur le visage de la jeune fille, il ne s'écrie :

Con sus rosas y sus flores,
Callen abriles y mayos,
Que pueden ser los lacayos
De esos celicos primores.

1. Voir plus loin IV, *Comique et burlesque.*
2. Acte I, scène 5 :

Avec si peu qu'on dit estre en moy de beauté,
Je possede de plus des biens en abondance.

3. Acte I, scène 7 :

> Si cet homme me voit, Monsieur, je suis perdue,

dit-elle à Climante (I, 8), chez qui elle se réfugie, comme Léonor chez Hélène [1].

Une des meilleures scènes de l'*Héritier ridicule* est celle où Hélène, venue rendre visite à Léonor, y trouve son ancien amant (IV, 2). Mais pareil effet de surprise existait déjà dans la comédie de d'Ouville, où la maîtresse de Climante, entrant chez son amant, y rencontre à deux reprises une femme. Une première fois (I, 10), Léonor admire l'appartement de Climante :

> Sans mentir, cette chambre est curieuse et belle ;
> Cette tapisserie est de façon nouvelle.
> Où sont vos beaux tableaux ? [2]

« Dedans mon cabinet », répond Climante, qui veut empêcher sa maîtresse d'y entrer, lorsqu'Isabelle en sort, devant Léonor, qui se croit trahie et part furieuse. La scène se reproduit une deuxième fois, au troisième acte (scène 3) : Léonor, qui s'est réconciliée avec Climante, est revenue chez son amant et plaisante sur sa mésaventure passée :

> En attendant qu'on serve, allons voir vos tableaux
> Dedans ce cabinet : on dit qu'ils sont fort beaux.
> Y tenez-vous encor quelque vive peinture ?

Climante proteste que c'est lui faire injure, quand Dorise, envoyée en secret par Isabelle, paraît devant Léonor, certaine cette fois d'être trompée et brouillée définitivement avec son amant. Il y a quelques différences sans doute. Chez d'Ouville, la scène se passe dans l'appartement du galant et c'est une femme qui s'y cache — ; mais la situation est la même que dans l'*Héritier ridicule* — une ancienne maîtresse

---

> Adraste est importun, il desplait à mes yeux,
> Dorise ; ses respects me sont tous odieux.

1. Climante, comme Dom Diègue dans Scarron, lui demande de se dévoiler pour « contempler les traits de ce parfait visage » (I, 8).

2. Hélène et Paquette admirent de même l'ameublement et les tableaux de Léonor (IV, 2, v. 1006-09).

surprend son amant en compagnie d'une autre femme et s'en va furieuse —, et les paroles équivoques sur les « tableaux » ou la « vive peinture » sont manifestement reprises par Scarron [1].

Autre analogie frappante : comme Dom Diègue punit une maîtresse trop intéressée en lui faisant accepter un laquais pour époux, de même, dans *la Dame Suivante*, Léonor se réjouit à l'idée de faire épouser par son infidèle amant une simple suivante (V, 3) :

> La vengeance seroit conforme à mon désir,
> Ayant, comme il a fait, refusé la maistresse,
> S'il prenoit la suivante ;

et, de la même façon que Dom Diègue humilie Hélène, en lui révélant la condition de son prétendu (V, 4, v. 1532) :

> Vous m'avez pris pour dupe, un laquais vous a prise,

de même encore Léonor pensait humilier Climante, en lui apprenant qu'il épousait une domestique (V, 8) :

> Le Ciel me venge bien de ton peu d'amitié :
> Tu quittes la maistresse pour prendre la suivante.

Sans doute, cette suivante n'en est pas une — c'est Isabelle déguisée ; sans doute aussi Léonor, chez d'Ouville, se console en épousant Adraste, alors qu'Hélène reste seule avec son dépit, dans l'*Héritier ridicule*. Mais, là encore, l'analogie est trop remarquable pour être fortuite, et Scarron s'est probablement souvenu de la pièce de d'Ouville en écrivant sa comédie [2].

---

1. Voir IV, 2, v. 1019-20.
2. Remarquons que d'Ouville, pour écrire *la Dame Suivante*, s'est inspiré d'une *comedia* de Montalván, *La Doncella de labor*, et que les analogies entre *la Dame Suivante* et *L'Héritier ridicule* existent aussi entre la pièce de Montalván et celle de Solórzano. Mais les jeunes filles assez hardies pour arracher un galant à une rivale, les galants surpris chez une autre femme, les déguisements, sources de quiproquos piquants, sont monnaie courante dans la *comedia*. Ici l'imitation est flagrante.

On pourrait trouver d'autres ressemblances entre quelques situations de l'*Héritier ridicule* et d'autres pièces de d'Ouville. Dans l'*Absent chez soy*, comédie fertile en scènes de surprise, on voyait déjà une jeune fille, Élize, furieuse de découvrir son amant caché chez une autre femme (IV, 4) :

Je te trouve caché chez ma propre rivale !

et *la Coiffeuse à la Mode* nous montrait une jeune fille assez hardie pour dénigrer son amant devant une rivale, pour mieux les brouiller (IV, 6), tout comme ici Léonor médit d'Hélène pour en détacher Dom Diègue (II, 4). Néanmoins, plutôt que de parler d'imitation précise, disons que les dramaturges disposaient d'un arsenal de situations comiques, bien commun où tous puisaient selon les besoins de leurs intrigues, et qui explique les ressemblances entre les comédies de cette époque et la récurrence des sujets ou des situations [1].

Remarquons d'ailleurs que Scarron n'hésite pas à s'imiter lui-même et à reprendre un personnage ou des scènes dont il a déjà éprouvé l'efficacité dramatique. Le succès de *Jodelet*, dû surtout aux balourdises réjouissantes d'un valet habillé en gentilhomme, l'a incité à réitérer dans le même genre ; avec un autre interprète cette fois, L'*Héritier ridicule* continue et amplifie cette forme burlesque de comique ; la grande scène (III, 3), où Dom Pedro de Buffalos étale sa fatuité grossière et développe à plaisir ses compliments bouffons ou ses déclarations entortillées, n'est au fond qu'une reprise des galanteries ridicules de Jodelet (II, 14) [2]. De même, quand il écrira *Dom Japhet*, Scarron n'hésitera pas à reprendre des situations, des thèmes ou des répliques de l'*Héritier ridicule* [3].

---

1. Nous avons fait l'inventaire de ces situations dans la première partie de notre ouvrage sur *la Comédie avant Molière*.

2. On retrouvera encore ce type de bouffon dans *le Marquis ridicule* (1656) et dans *Le Gardien de soy-mesme* (1655) : le gentilhomme vulgaire ou le rustre travesti ne diffèrent guère du valet « noblifié ».

3. La « chanson » de Dom Japhet (IV, 3, v. 1019 sqq), avec ses

Mais la verve et le génie de l'écrivain entraînent emprunts, imitations ou reprises dans un mouvement comique irrésistible.

IV

Comique et burlesque

L'*Héritier ridicule* est d'abord, en effet, une pièce fort amusante, qui divertit beaucoup les contemporains — le jeune Louis XIV en aurait, dit-on, réclamé une seconde représentation dans la même journée [1]. Si le succès de la pièce est dû surtout aux grandes scènes où le pseudo-Dom Pedro de Buffalos courtise de façon burlesque Hélène de Torrés (III, 3 ; IV, 4 ; V, 2), on ne saurait réduire le comique de l'œuvre aux seules apparitions de ce personnage bouffon.

D'abord, il n'est pas le seul des acteurs à nous divertir. La servante Béatris, avec son franc-parler et son don de la repartie, contribue aussi à la gaîté de la comédie, qu'elle récrimine contre sa maîtresse qui la fait courir tout le jour à la recherche d'un galant (I, 1), ou qu'elle réponde du tac au tac aux impertinences de Filipin (II, 3 ; V, 5). Plaisant aussi ce soupirant importun, que Léonor éconduit sans ménagement (I, 3), qui passe de Léonor à Hélène en véritable

---

trivialités dissonantes, ses métaphores grotesques et ses vers de mirliton, rappelle la sérénade burlesque de Dom Pedro-Filipin (IV, 5) ; la dot fabuleuse de « l'infante Ahihua » (V, 7) ressemble à l'héritage de l'oncle du Pérou (III, 3), et Dom Japhet appelle à chaque instant son laquais Foucaral de la même façon que Dom Pedro réitérait plaisamment ses appels à Carmagnolle.

1. D'après Léris, *Dictionnaire portatif des Théâtres*, 1754, cité par Morillot (*op. cit.*, p. 288), qui se montre par ailleurs assez injuste pour la pièce de Scarron, qualifiée d' « ensemble bariolé, discordant, qui nous paraît aujourd'hui parfaitement insupportable et d'une gaieté grimaçante » (p. 287).

girouette (IV, 3), et qui, nouvel avatar du capitan, après avoir bravé de loin son rival (IV, 2), montre toute sa couardise, rossé par Dom Diègue, tremblant devant un adversaire aussi effrayé que lui, pour fanfaronner encore, le danger passé (IV, 5).

Dom Juan n'est qu'un fantoche. Mais les protagonistes eux-mêmes nous font parfois sourire. Si Dom Diègue est un amoureux conventionnel assez pâle et qu'on aurait aimé voir davantage mener « par le bec » par cette coquette d'Hélène, les deux personnages féminins sont assez divertisants. Léonor nous amuse aussi bien en ingénue romanesque qu'en amoureuse hardie, en coquette méprisante qu'en mondaine maniant aussi aisément le compliment subtil que la repartie cinglante. Quant à Hélène, après nous avoir divertis par le cynisme tranquille avec lequel elle dévoile ses vues intéressées (I, 5, v. 333 sqq ; III, I, v. 705), elle tombe dans le ridicule en se laissant prendre au piège, pourtant grossier, qu'on lui tend, et sa déconfiture, cruelle mais méritée, ne suscite aucune pitié chez le spectateur, charmé de ce bon tour et de celui qui l'a réalisé.

Filipin est en effet l'acteur sur qui repose l'essentiel du comique de la pièce. Il a d'abord les traits habituels du *gracioso* de la *comedia* [1], mais surtout il compose le personnage bouffon de Dom Pedro de Buffalos, dont les manières incongrues et le langage surprenant ravirent le public du temps.

Ce déguisement du laquais Filipin en « gentilhomme gallègue » reprend un procédé fréquent dans la comédie d'intrigue des années 40 [2], avec les situations plaisantes qui en résultent : jeu appuyé du personnage travesti, vantant complaisamment sa richesse imaginaire ; crédulité de sa dupe, impressionnée par cet étalage de biens et songeant à épouser ce rustre déguisé ; *desengaño,* qui fait tomber de haut la dame intéressée, lorsqu'elle apprend la condition

1. Voir ci-dessus, p. XV.
2. Nous renvoyons une fois de plus à notre ouvrage sur *La Comedie avant Molière*, Première Partie, p. 72 sqq.

de son prétendant. Mais la pièce de Scarron comporte aussi d'autres situations piquantes. Retrouvailles providentielles de Dom Diègue et de Léonor chez sa rivale (I, 4) ; déclaration indirecte de Léonor à Dom Diègue (II, 4) ; galant surpris par sa maîtresse chez une autre femme et affrontement des deux rivales (IV, 2) ; sérénade burlesque, coups de bâton dans la nuit et frayeur mutuelle de deux couards (IV, 4-5), il y a là plusieurs scènes amusantes, scènes de surprise ou de méprise [1] qui contribuent encore à la gaîté de notre comédie.

Mais l'*Héritier ridicule* est avant tout une comédie burlesque. La pièce est burlesque, d'abord, on l'a dit, parce que l'intrigue consiste en un bon tour (*burla*) que l'on joue à un personnage : le déguisement auquel se laissera prendre Hélène. Mais l'épithète de burlesque convient surtout au langage employé par le bouffon de la comédie, ce Dom Pedro de Buffalos incarné par Filipin. Ce langage se caractérise par la dissonance, dissonance externe entre les termes utilisés par ce rustre grossier et impertinent, et les objets signifiés, la personne à laquelle ils sont adressés, ou celui-là même qui les emploie ; dissonance interne [2] d'un langage fait de tours bizarres et de mots hétéroclites.

La disconvenance du langage est manifeste dans les métaphores employées par ce prétendant grotesque. Ainsi les métaphores ou les comparaisons traditionnellement utilisées dans le langage de la galanterie — les yeux de la belle ont l'éclat du soleil, on brûle ou on meurt d'amour pour elle, etc. — deviennent ici parfaitement ridicules parce qu'elles perdent leur valeur figurée et sont en quelque sorte matérialisées par le contexte — Dom Pedro s'étonne que Dom Diègue ose « sans parasol visiter un soleil » (v. 739-40) et lui-même affronte les « miroirs ardents » de ses yeux quitte à se « saulcer un peu dans la rivière » (v. 741-42) —, ou par

1. Ces deux ressorts se retrouvent dans la plupart des comédies du temps. Voir *ibid.*, Première Partie, chap. I et II.

2. C'est surtout cet aspect du burlesque que F. Bar, en stylisticien, analyse dans sa thèse sur *Le Genre burlesque en France au XVIIe siècle*.

l'emploi d'un terme qu'on ne prend généralement qu'au sens propre — « vous m'assassinez de certaines œillades », « me voilà tantost cuit », déclare encore ce galant ridicule (v. 766, 853).

La rusticité du personnage lui fait également tenir des propos parfaitement inconvenants, qu'il use à l'égard de son interlocutrice de termes d'affection grotesques comme ces diminutifs d'animaux — « petite civette », « petit chien », plaisamment rectifié en « canicule » (v. 760-62) —, ou qu'il lui fasse des propositions franchement grossières, quand il se fait fort de savoir « un coup seur pour faire des enfans » (v. 808-09), ou qu'il l'invite à s'unir à lui par « un nœud copulatif » en un « congrez fécond » (v. 1352).

Enfin le langage de Filipin jure avec sa propre personne, lorsque ce laquais affecte par exemple un ton « cavalier » — « Dieu me sauve », « cousin » (v. 738, 748) —, prend de grands airs — « nous autres Buffalos » (v. 908) — et appelle à tout propos son valet Carmagnolle (v. 827, 831, 833, 834, etc.), ou lorsque ce couard parle de « la valeur qui toujours (l') accompagne » (v. 1263).

Cette disconvenance plaisante des propos de Filipin se double de la dissonance interne d'un langage où les termes les plus hétéroclites, appartenant à des domaines et à des niveaux de langue fort éloignés, se juxtaposent en un mélange réjouissant. C'est ainsi que dans la grande scène où Dom Pedro se déclare à Hélène (III, 3), on peut relever pêle-mêle des latinismes (« aquiline valeur », « canicule », « exhalaison ignée ») [1], des mots « bas » ou des expressions populaires (« guigner », « guenuche », « rendre cruche », « jabot », « coïonneries »), des noms mythologiques (Argus, Tirésie, Cérès, Bacchus) et des termes pédants (« génératif », « végétatif », « copulatif »), des néologismes (« naufraguer ») [2], des mots techniques (juridiques, par exemple, dans l'histoire de la succession), des noms exotiques (Attabalippa, Ganac,

1. Les latinismes abondent dans le parler « *culto* » de Don Payo, dans la pièce de Solórzano.
2. On aura aussi : « funérailler », « entresauver » (IV, 5).

Gainacappa), bref cette « sorte de bigarrure résultant avant tout de l'emploi d'un vocabulaire très composite », où F. Bar voit justement la caractéristique du style burlesque [1]. Si l'on ajoute à ces disparates du langage l'emploi d'un style volontiers contourné — « l'amour, déclare Dom Pedro, excite en mon jabot exhalaison ignée » (v. 817-18), ou encore, « de vos regards doubles les forces agissantes / Font sur mon pauvre cœur impressions puissantes » (v. 849-50) —, l'abus des métaphores ou des expressions hyperboliques [2], ou encore une versification bouffonne, comme dans la chanson de Dom Pedro à sa belle (IV, 5, v. 1206 sqq.), nous constaterons que nous avons ici une véritable somme des procédés du langage burlesque [3].

A côté de la bizarrerie plaisante du langage burlesque, Scarron tire des effets comiques de la fantaisie verbale ; on trouve dans l'*Héritier ridicule* les différentes formes de ce jeu gratuit sur les mots si bien analysé par R. Garapon [4] : jargon des noms « incas » (v. 911-12) ou de l'histoire du procès (v. 887-89) ; fatrasie de la relation, bien obscure de ce même procès, ou de la déclaration galante de Dom Pedro (v. 776-81) ; accumulation, quand Filipin énumère les richesses de l'oncle du Pérou (v. 494-98), ou les inconvénients du mariage (v. 1598-1610) ; répétition enfin, avec ces plaisants appels réitérés à Carmagnolle (III, 3), les reparties symétriques qu'échangent Béatris et Filipin (v. 521-28

---

1. *Op. cit.*, p. XXXI.

2. Les yeux d'Hélène « font enfler les cimetières » (v. 770), ils vont sur lui « battre l'estrade » (v. 794) ; ses « tétons de lait » sont d' « amoureuses collines » ou « deux boules assassines » (v. 829-30). Hélène est, pour ce néo-pétrarquiste bouffon, « moitié zône torride et moitié Groenlande » (v. 846).

3. Ce langage est réservé à peu près exclusivement au laquais Filipin, alias Dom Pedro. Mais Béatris déclare aussi « n'aller que d'une fesse » (v. 13), et on peut s'étonner qu'un gentilhomme comme Dom Diègue parle de « donzelle » (v. 570) ou d'un cœur « à saccager » (v. 579). Le goût irrépressible de Scarron pour le burlesque semble apparaître dans ces écarts de langage, inattendus chez un jeune premier.

4. Voir *La Fantaisie verbale et le Comique dans le Théâtre français du Moyen Âge à la fin du XVIIe siècle.*

et 539-40), ou encore les tirades parallèles du dénouement où Dom Juan, Dom Diegue et Filipin repoussent l'infortunée Hélène (v. 1539-62).

Enfin la gaîté de la comédie de Scarron vient aussi de la verve des personnages — « bagou » de Béatris [1] ou bavardage irrépressible de Filipin, tirades satiriques de valets, qui sont surtout des « morceaux » d'auteur [2] — ; de la saveur populaire du langage des domestiques, en particulier des expressions proverbiales dont ils émaillent leur propos [3] ; du mouvement alerte des tirades ou des récits, grâce en particulier à l'emploi de l'anaphore, aux nombreux enjambements, ou à la juxtaposition des verbes d'action [4] ; et surtout de la vivacité du dialogue, obtenue par exemple par des effets de contraste [5], par la brièveté des répliques [6] et l'emploi de vers « en escalier », c'est-à-dire répartis sur plusieurs répliques [7].

Ainsi, personnages bouffons et situations piquantes, dissonances burlesques et fantaisie verbale, verve populaire et vivacité du style contribuent à faire de l'*Héritier ridicule* une des comédies les plus enjouées de l'œuvre de Scarron et expliquent le succès que la pièce remporta à sa création.

---

1. Dans ses reproches ou ses conseils à Léonor (I, 1, v. 21-47 et 68-94), ou lorsqu'elle se flatte de ses succès en amour (V, 5, v. 1623-35).

2. Ainsi la tirade de Paquette contre les femmes fardées (v. 1323-40) ou la diatribe de Filipin contre le mariage et ses inconvénients (v. 1596-1612).

3. Béatris se plaint de n'aller plus « quasi que d'une fesse » (v. 13) ; elle met en garde sa maîtresse contre ces « langues de vipère qui tondent sur un œuf » (v. 41-42). Roquespine blâme son maître de se laisser « mener par le bec » (v. 405) et de « tirer de la poudre aux moineaux (v. 430). Paquette conseille à Hélène de « choisir jeune chair, vieux poisson » (v. 932).

4. Anaphores : v. 35-38, 147-48, 152-53, 160-61, 218-19, etc. Enjambements : 111-12, 117-18, 129-30, etc. Verbes juxtaposés : 134-37, 383-93, 627-30, etc.

5. Ainsi entre le bavardage de Filipin et le laconisme de son maître (II, 2).

6. V. 707 sqq. ; 1412 sqq. (entre Dom Diègue et Hélène) ; v. 1031 sqq. (entre Hélène et Léonor).

7. Voir en particulier : v. 556-62, 831-34, 906-09, 1013, etc.

V

Le succès et l'influence de l'*Héritier ridicule*

La pièce eut en effet la faveur du public pendant une trentaine d'années. D'après le *Registre* de La Grange, la troupe de Molière l'a représentée plus de quarante fois de 1659 à 1685 [1]. Jusqu'à cette date, on la joue régulièrement, comme *Dom Japhet* et *Jodelet ou le Maître-valet* [2]. A partir de 1685, toutefois, à part deux représentations exceptionnelles en 1706, l'*Héritier ridicule* ne figurera plus à l'affiche de la Comédie française, tandis que les deux autres pièces seront jouées constamment jusqu'à la Révolution.

L'*Héritier ridicule* a été souvent imprimé après sa création : trois éditions du vivant de l'auteur (1650, chez Toussaint Quinet, et, la même année, une copie à Paris ; 1659, chez G. de Luyne) ; plusieurs rééditions après sa mort (1664, G. de Luyne ; 1668, sur copie ; 1684, G. de Luyne). Mais pas plus qu'on ne la joue, on n'imprimera plus la pièce au XVIIIe siècle, et elle ne figure pas dans les Recueils de ce siècle ou du suivant (*Théâtre français ou Recueil de toutes les pièces françaises qui sont restées au théâtre*, *Petite Bibliothèque des Théâtres*, *Répertoire général du Théâtre français*, etc ;), alors qu'on y trouve *Dom Japhet* et *Jodelet*. Édouard Fournier la publiera

1. La comédie de Scarron accompagnait presque toujours *Le Cocu imaginaire*.

2. Voir A. Joannides, *La Comédie Française de 1680 à 1900*, qui, dans sa table chronologique des pièces représentées, donne les chiffres suivants pour la période 1680-84 :

	L'Héritier ridicule	*Dom Japhet*	*Jodelet*
1680	1	2	0
1681	3	3	8
1682	2	4	2
1683	2	4	2
1684	3	4	1

à nouveau en 1879 seulement dans son *Théâtre* de Scarron (Laplace, Sanchez et Cie, Paris).

La réussite de la pièce à sa création incita Scarron, et aussi Thomas Corneille, à écrire d'autres comédies « *de figurón* », pour reprendre l'expression espagnole. On a vu [1] que *Dom Japhet*, avec son héros bouffon et les mauvais tours dont il est la victime est dans la lignée de l'*Héritier ridicule* et en reprend d'ailleurs quelques motifs plaisants. *Dom Bertrand de Cigarral*, de Th. Corneille (1651), et *le Marquis ridicule*, de Scarron (1656), nous présentent tous deux un hobereau prétentieux et sot, plaisamment dupé par son entourage ; et deux pièces écrites concurremment par les mêmes auteurs, *le Geôlier de soy-mesme*, de Th. Corneille, que jouait Jodelet, à l'Hôtel de Bourgogne, et *le Gardien de soy-mesme*, de Scarron, interprété au Marais par Filipin, (imprimées en 1655), reprennent à nouveau le type du rustre déguisé, scandalisant ses nobles interlocuteurs par ses manières et son langage grossiers. La vogue de ce type de comédie continuera encore à l'époque où Molière donne ses grandes comédies, puisque Montfleury fera représenter son *École des Jaloux* (pub. en 1662), et Th. Corneille, *le Baron d'Albikrac* (1667), puis *la Comtesse d'Orgueil* (1670).

On sait que Molière s'est souvent inspiré des œuvres des dramaturges de son temps : Rotrou, d'Ouville [2], Boisrobert, Cyrano, etc. *L'Héritier ridicule* lui a sans doute suggéré l'intrigue des *Précieuses ridicules*, où, de la méme façon que, chez Scarron, Dom Diègue, dédaigné par Hélène qui le croit déshérité, se venge de cette femme intéressée en la jetant dans les bras d'un valet déguisé, deux galants éconduits travestissent leurs laquais en gentilshommes pour se venger de deux coquettes et les humilier au dénouement, en révélant la condition véritable de leurs soupirants. Et le « Marquis de Mascarille » ou « le Vicomte de Jodelet » ne nous amusent pas moins par leur grossièreté et leurs

---

1. Voir ci-dessus, p. X et p. XXVI.
2. Voir notre article *Une source peu connue de Molière, le théâtre de Le Métel d'Ouville*, in R.H.L.F., janv.-mars 1965.

galanteries grotesques [1], que le burlesque Dom Pedro de Buffalos.

On peut se demander aussi si l'*Héritier ridicule* n'a pas inspiré encore à Molière deux scènes célèbres du *Misanthrope*. La grande scène 3 de l'acte III, où, après quelques politesses, Arsinoé et Célimène échangent des reparties de plus en plus aigres, avant de se quitter brouillées, n'est pas sans rappeler la scène de notre comédie (IV, 2), où Hélène rend visite à Léonor et où les deux femmes font assaut de compliments raffinés, avant de se dresser l'une contre l'autre, quand Hélène découvre Dom Diègue caché chez sa rivale. Et le dénouement de la comédie de Scarron, qui nous montre Dom Juan, Dom Diègue et Filipin repoussant tour à tour la « dame intéressée », nous fait évidemment penser à la scène finale du *Misanthrope* (V, 4), où les marquis abandonnent l'un après l'autre la coquette qui s'est moquée d'eux, humiliée publiquement comme l'était l'héroïne de l'*Héritier ridicule*.

Remarquons enfin, avec P. Morillot [2], que c'est dans la comédie de Scarron qu'apparaît pour la première fois le personnage de « l'oncle d'Amérique », dont on attend impatiemment la mort et l'héritage, personnage que la comédie moderne et le « boulevard » utiliseront bien souvent.

Cette influence, immédiate ou plus lointaine, jointe à la qualité de l'intrigue et surtout à la saveur du comique et à la verve du dialogue, devrait suffire à sauver l'*Héritier ridicule* de l'oubli.

---

1. A côté de ce comique bouffon, Molière ridiculise, en les parodiant, les manières et une façon de parler à la mode dans certains milieux, comme Solórzano caricaturait, dans *El Mayorazgo figura*, les excès du style *culto*. Cet aspect satirique est absent de la pièce de Scarron, où l'auteur s'abandonne à sa verve burlesque.

2. *Op. cit.*, p. 288.

VI

La présente édition

L'édition originale de l'*Héritier ridicule* porte le titre suivant :

L'HERITIER / RIDICULE / OU / LA DAME INTERESSÉE. / COMEDIE / DEDIÉE AU PRINCE D'ORANGE / Par Monsieur SCARRON. / A PARIS. / Chez TOUSSAINCT QUINET, au Palais, / sous la montée de la Cour des Aydes. / M.DC.L. / AVEC PRIVILEGE DU ROY. (in-4°, VI-139 p.). B.N. Yf 647 et Rés. Yf 497.

Deux autres éditions ont paru du vivant de Scarron. Ce sont :

L'HERITIER / RIDICULE / OU LA / DAME INTERESSÉE. / COMEDIE / DEDIÉE AU PRINCE D'ORANGE / Par Monsieur SCARRON. / Suivant la Copie imprimée / À PARIS / M.DC.L.

Cette édition offre un texte identique à celui de l'édition originale, avec seulement quelques corrections orthographiques (*plûtost* pour *plus tost* ; *apprester* pour *aprester*) et aussi quelques coquilles (ainsi, au v. 497, *de choucas plein deux quaisses*, pour *de cachou*).

L'HERITIER / RIDICULE / OU / LA DAME INTERESSEE. / COMEDIE / Par Monsieur SCARRON. / Imprimé à ROUEN, Et se vend / À PARIS / Chez GUILLAUME DE LUYNE, / Libraire Juré, au Palais, en la Gallerie / des Merciers, à la Justice. / M.DC.LIX.

L'édition de Luyne comporte quelques corrections orthographiques, mais donne aussi parfois des leçons fantaisistes (au vers 1, *encourir* au lieu de *courir* ; au v. 1598, *quelqu'autre marmot*, pour *quelqu'autre un marmot*).

Comme les variantes sont peu nombreuses — Scarron a très peu corrigé ses ouvrages une fois publiés [1] — et les corrections des protes pas toujours heureuses, nous avons pris comme texte de base pour cette réimpression celui de l'édition originale de 1650, en signalant les variantes et les corrections intéressantes des éditions postérieures.

En règle générale, nous avons conservé l'orthographe de l'édition originale, à quelques réserves près :

— nous avons modernisé la ponctuation, celle de l'édition originale étant bien souvent incorrecte ou aberrante.

— nous avons, conformément à l'usage moderne, distingué le *u* et le *v*, le *i* et le *j* ; et transformé les exclamatifs *o*, *et*, *ha*, *ho* en *oh*, *eh*, *ah*, *oh*.

— l'orthographe a été uniformisée, un même mot n'étant pas toujours orthographié de la même façon dans le texte de 1650. Ainsi nous avons orthographié partout *aimer* (le texte porte aussi *aymer*), *prix* (on a aussi *pris*), *empescher*, *gagner*, *point*, etc.

— enfin nous avons fait les corrections exigées par la syntaxe, en tenant compte le plus souvent des éditions postérieures.

Dans l'annotation qui accompagne le texte et que nous avons limitée, selon les normes de la collection, nous nous sommes borné à expliquer les termes et les expressions vieillis ou difficiles, à éclairer les allusions historiques ou littéraires, à faire les rapprochements qui s'imposaient avec telle œuvre antérieure, en particulier avec *El Mayorazgo figura* ou d'autres pièces de Scarron, à faire enfin les remarques dramaturgiques utiles à l'intelligence du texte.

1. Voir R. Garapon, éd. de *Dom Japhet*, p. xxxv et note 1.

BIBLIOGRAPHIE

I. Sur Scarron et son œuvre :

MAGNE (Émile), *Bibliographie générale des Œuvres de Scarron*, Paris, L. Giraud-Badin, 1924.

MAGNE (Émile), *Scarron et son milieu*, Paris, Émile-Paul, 8e édition, 1924.

MORILLOT (Paul), *Scarron et le genre burlesque*, Paris, Lecène et Oudin, 1888.

GARAPON (Robert), *Dom Japhet d'Arménie*, éd. crit., Paris, STFM., 1967.

2. Sur la comédie en France au milieu du XVIIe siècle :

LANCASTER (Henry Carrington), *A History of French Dramatic Literature in the Seventeenth Century*, Part II, *The Period of Corneille (1635-51)*, et Part III, *The Period of Molière (1652-1672)*, Baltimore, The John Hopkins Press, 1932-36.

GUICHEMERRE (Roger), *La Comédie avant Molière (1640-1660)*, Paris, A. Colin, 1972.

GUICHEMERRE (Roger), *La Comédie classique en France. De Jodelle à Beaumarchais*, Paris, P.U.F., 1978.

GARAPON (Robert), *La fantaisie verbale et le comique dans le théâtre français du Moyen Âge à la fin du XVIIe siècle*, Paris, A. Colin, 1957.

SCHERER (Jacques), *La Dramaturgie classique*, Paris, A. G. Nizet, 1950.

EMELINA (Jean), *Les Valets et les Servantes dans le théâtre comique en France de 1610 à 1700*, Grenoble, P.U., 1975.

COSNIER (Colette), *Jodelet, un acteur du XVIIe siècle devenu un type*, in R.H.L.F., juillet-sept. 1962.

LERAT (Pierre), *Le Ridicule et son expression dans les comédies françaises de Scarron à Molière*, Lille, Service de reproduction des thèses, 1980.

3. Sur le théâtre espagnol et son influence :

Biblioteca de Autores Españoles, tomo XLV, *Dramaticos contemporaneos de Lope de Vega*, tomo segundo (Note sur Castillo Solórzano pp. xxi-xxii, et texte de *El Mayorazgo figura*, pp. 289-307), Madrid, 1951.

PFANDL (Ludwig), *Historia de la literatura nacional española en la Edad de Oro*, trad. J. Rubio Balaguer, Barcelona, 1952.

VALBUENA PRAT (Angel), *Historia de la literatura española*, 5e éd., Barcelona, 1957.

MARTINENCHE (Ernest), *La Comedia espagnole en France de Hardy à Racine*, Paris, 1900.

AUBRUN (Charles-Vincent), *La Comédie espagnole (1600-1680)*, Paris, P.U.F., 1966.

LANOT (Jean-Raymond), *Para una sociologia del Figurón*, in *Risa y sociedad en el teatro español del Siglo de Oro*, Toulouse, éd. du C.N.R.S., 1980.

4. Sur la langue :

Dictionnaires de Furetière (1690), de l'Académie Française (1694), de Littré (1872, rééd. Pauvert, Gallimard, 1964).

BRUNOT (Ferdinand), *Histoire de la langue française des origines à 1900*, tome III, *La formation de la langue classique, 1600-1660*, Paris, A. Colin, 2e éd., 1931.

BAR (Francis), Le *Genre Burlesque en France au XVIIe siècle. Étude de style*, Paris, d'Artrey, 1960.

L'HERITIER RIDICVLE OV LA DAME INTERESSÉE.

COMEDIE.

DEDIÉE AV PRINCE D'ORANGE.

Par Monsieur SCARRON

A PARIS,
Chez TOVSSAINCT QVINET, au Palais,
sous la montée de la Cour des Aydes.

M. DC. L.

AVEC PRIVILEGE DV ROY.

DÉDICACE

A TRES-HAUT, TRES-PUISSANT, ET TRES-EXCELLENT PRINCE GUILLAUME par la grace de Dieu, Prince d'Orange, Comte de Nassau, Catzelleboge, Vianden Dietz, Lingen, Moers, Buren, Leerdam, Marquis de Vere et Flissingue, Seigneur et Baron de Breda, de la ville de Grave et le Païs de Cuyck, Diets Grimbergen, Herstal, Crannendoncq, Warneston, Arlay, Nozeroy, S. Vit, Daesburge, Polanen, Willemstat, Niervaert, Iselstein, S. Maerstendijck, Gertruydenberghe, Chasteau-Regnard, de la haute et basse Swaluwen, Maestruyck, etc., Vicomte hereditaire d'Anvers et Besançon, Mareschal hereditaire d'Hollande, Gouverneur de Gueldre, Hollande, Zelande, Westfrise, Utrecht, Overijssel, Groninghe, Ommelanden, Drenthe, etc., Capitaine general et Admiral des Provinces Unies des Païs Bas, etc.

MONSEIGNEUR

Je suis en peine de ma Muse dépaïsée : elle est assez hardie dans Paris et sur son fumier, c'est-à-dire dans ma chambre ; mais en Hollande, et devant V.A., je tremble pour elle, et je me la represente toute décontenancée, qui fait la sotte et pleure sous son masque, parce que trop de monde la regarde. C'est à vous, Monseigneur, à la rasseurer par ce bon accueil que vous ne refusez jamais à personne. Autrement elle ne fera que begayer en disant à V.A. que voicy l'entreprise de la plus grande importance que j'aye jamais faite, et que je suis bien en peine moy-mesme de sçavoir qui m'en a donné la hardiesse. J'en conceus le dessein il y a cinq ou six ans que j'apris que V.A. avoit jetté les yeux sur quelques-uns de mes ouvrages, et j'ay esté autant de temps à deliberer si je luy en dedierois quelqu'un. Enfin je me suis hazardé de luy faire une Comedie, ayant sceu que la Comedie la divertissoit quelquesfois. Je puis estre blasmé d'avoir trop entrepris, ou aprouvé d'avoir diverty durant quelques heures un des plus considerables Princes de l'Europe. L'un et l'autre succez prepare bien de la besongne à la Muse Burlesque, ou pour demander pardon d'avoir importuné, ou pour remercier d'avoir esté charitablement soufferte. Si elle en sort à son honneur et sans confusion, elle n'en demeurera pas là, et elle fera voir qu'une diseuse de sornettes peut traiter comiquement un sujet héroïque sans le prophaner. Elle sçait aussi bien que tout le reste du monde que vos belles actions égalent celles de vos illustres pères, que vous avez par dessus eux ce que vous estes encore capable de faire, et que la Paix dont joüyt la Hollande aprend à toute l'Europe combien vous estes redoutable ennemy, puisque le plus puissant de ses Monarques et qui commande à la nation la plus adroite à faire des conquestes, a douté du succez d'une guerre dont vous auriez eu la conduite. Ce sont des veritez qui ne peuvent estre disputées de personne, et pour lesquelles le Proverbe qui dit qu'elles font des ennemis, n'a jamais esté fait. Ma Muse ne craindra donc point de vous dire les vostres, puis qu'elles sont de cette nature là, et qu'il n'est pas deffendu de dire vray en riant. Il est vray qu'estant une Badaude de Paris et ne sortant point de la chambre d'un malade, elle ne sçait guere bien son monde, et que, parlant avec trop de chaleur, elle pourra faire souffrir vostre modestie ; mais, Monseigneur, il n'y a rien de moins possible aux Heros qui vous ressemblent que de s'empescher d'estre loüez, et cela est si vray qu'à l'heure que j'écris, je n'ay jamais esté en plus belle humeur que de loüer un grand Prince, et V.A. n'a jamais esté en plus grand peril d'estre importunée d'une longue Epistre. Mais je n'abuseray pas plus long-temps de sa bonté. Je n'ay plus qu'une verité à luy dire, dont la connoissance luy doit estre indifferente, mais pour laquelle je souffrirois le martyre, c'est, Monseigneur, que je suis de toute mon ame.

DE VOST. ALT.

le tres-humble, tres obeïssant.
et tres-obligé serviteur,
SCARRON.

Extraict du Privilege du Roy

Par grace et Privilege du Roy donné à Paris le 10. jour de Novembre 1649, Signé, Par le Roy en son Conseil, Le Brun. Il est permis à Toussainct Quinet, Marchand Libraire à Paris, d'imprimer ou faire imprimer, vendre et distribuer une piece de Theatre inititulée *L'Héritier Ridicule, Comedie du Sieur Scarron*, pendant le temps de cinq ans entiers accomplis. Et defenses sont faites à tous Imprimeurs, Libraires et autres, de contrefaire ledit Livre, ny le vendre ou exposer en vente d'autre impression que de celle qu'il a fait faire, à peine de trois mil livres d'amende et de tous dépens, dommages et interests, ainsi qu'il est plus amplement porté par lesdites Lettres, qui sont en vertu du present Extraict tenuës pour bien et deuëment signifiées, à ce qu'aucun n'en pretende cause d'ignorance.

Achevé d'imprimer pour la premiere fois le 4. May 1650.

Les exemplaires ont esté fournis.

ACTEURS

DOM DIEGUE de Mendoce.

FILIPIN, ou Dom PEDRO de Buffalos, Laquais de Dom Diegue.

ROQUESPINE, Escuyer de Dom Diegue.

CARMAGNOLLE, Valet de Dom Pedro de Buffalos.

DOM JUAN BRACAMONT.

LEONOR DE GUSMAN.

HELENE DE TORRES.

BEATRIS, Servante de Leonor.

PAQUETTE, Servante d'Helene.

MUSICIENS.

La Scene est à Madrid.

L'HÉRITIER RIDICULE
OU
LA DAME INTÉRESSÉE

COMÉDIE

ACTE I

Scene Premiere

Leonor, Beatris

Beatris

Madame, c'est courir beaucoup et ne rien prendre.
Pour moy, je n'en puis plus, je commence à me rendre ;
Si vous vouliez un peu regagner la maison,
Vous ne feriez pas mal.

---

1. Courir, prendre. Les deux termes appartiennent au langage de la chasse.

4. On retrouve ici les récriminations habituelles du domestique contre un maître amoureux qui le fait marcher sans trêve. Voir de même, *Jodelet*, I, 1, v. 5, où Jodelet se plaint de « courir toute la nuit sans boire ni manger ». Voir aussi *le Marquis ridicule*, I, 1, où Louise maugrée contre Stéfanie, qui la fait attendre au Cours, à midi, « sans parasol, sans mante, / au soleil. »

Leonor

Beatris a raison

5 De se lasser enfin de prendre tant de peine ;
Mais elle ne sçait pas le sujet qui me meine.

Beatris

Vous ne le sçavez pas aussi.

Leonor

Je le sçay bien,

Mais trop pour mon repos.

Beatris

Trop aussi pour le mien.

Moy qui croyois marcher des mieux pour une fille,
10 Qui l'aurois disputé contre un Porte-mandille,
Je confesse pourtant que vous allez du pied
Comme moy, pour le moins, voire mieux de moitié ;
Pour moy, je ne vay plus quasi que d'une fesse ;
Car vous ne parlez point, et vous révez sans cesse.
15 Madame, encor un coup, je ne puis tant aller,
Si je n'ay quelques fois le plaisir de parler ;
Mais pourvu que je parle et que l'on me responde,
J'iray, sans me lasser, jusques au bout du monde.

---

10. Porte-mandille : laquais. Le mandille est le « manteau que portaient, il n'y a pas longtemps, les laquais » (Fur.).

13. Je ne vais plus que d'une fesse. « On dit proverbialement et bassement d'un homme qu'il ne va que d'une fesse, quand il s'applique négligemment à quelque travail » (Fur.).

Leonor

Oüy, Beatris, un peu de conversation :
20 J'y consens et t'écoute avec attention.

Beatris

Discourons donc un peu, mais qu'il ne vous déplaise,
Du sujet qui vous fait, sans carosse et sans chaise,
Sans escuyer, sans gens, sans suitte, sinon moy,
Courir le long du jour sur le pavé du Roy.
25 Je ne m'ingere point de condamner la chose
Devant que la sçavoir ; mais l'effect qu'elle cause,
Ma lassitude à part, je ne le puis loüer ;
Car, ma chere maistresse, il vous faut avoüer
Que depuis quatre jours que vous courez la ruë
30 Et faites malgré moy de la Dame inconnuë,
Si c'est avec dessein, qu'il a mal reüssi,
Et si c'est sans dessein, que les fous font ainsi.
Vous ne sçavez pas bien, ma foy, ce que vous faites.
Que dira-t-on de vous, si l'on sçait qui vous estes ?
35 Vous qui dites toûjours, mon Dieu, que dira-t-on ?
Vous qui dites toûjours, le trouvera-t-on bon ?
Qui de tout et partout faites la scrupuleuse,
Ne redoutez-vous point qu'on vous nomme coureuse ?
Car ce nom-là vous est (sauf vostre honneur) bien deu,
40 Si vous courez ainsi toûjours à corps perdu.
Et ne songez-vous point aux langues de vipere

---

38. Coureuse. « Femme qui aime à courir çà et là. Signifie plus communément, une femme qui vit dans une infâme prostitution, qui se donne à tout venant » (Fur.).

Qui tondent sur un œuf, qui de tout font mystere ?
Les uns diront du moins que vous perdez le sens,
Les autres plus, selon qu'ils seront médisans.
45 Moy qui chéris l'honneur autant et plus qu'un autre,
Que fera-t-on au mien, si l'on s'attaque au vostre,
Puis que l'on dit toûjours tel Maistre, tel valet ?

Leonor

Je n'attendois pas tant de ton esprit follet,
Mais puis que je te trouve aujourd'huy si morale,
50 Je te veux croire aussi d'une ame assez loyalle
Pour apprendre de moy le sujet important
Qui me fait tant courir et qui te lasse tant.
Ecoute donc.

Beatris

Vrayment, Madame, si j'écoute,
Je choisirois plus tost de ne voir jamais goute
55 Que de n'écouter pas un important secret.
C'est mon plus grand plaisir, mais j'ay l'esprit discret.

Leonor

Sçache donc, Beatris, que j'aime.

---

42. Qui tondent sur un œuf : l'expression s'emploie généralement à propos des avares. Ici elle s'applique aux médisants (langues de vipère) qui trouvent à redire aux moindres choses.

Qui de tout font mystere : « Il y a des gens qui font mystere de tout, qui disent à l'oreille quelque chose pour faire croire qu'il y a bien du mystere » (Fur.).

48. Ton esprit follet : ton esprit un peu fou. L'expression rappelle le titre d'une comédie célèbre de d'Ouville (1639).

53. L'éd. orig. porte *Vrayement*. Nous corrigeons d'après la copie de 1650 et l'éd. de 1659.

Beatris

Est-il possible ?

Je vous en aime mieux : il faut estre sensible.

Pour moy, je vous croyois plus dure qu'un Rocher ;

60 Mais puis que je connois que l'on vous peut toucher,

Si pour vous y servir, il ne faut que ma vie,

Madame, assurez-vous que vous serez servie.

Leonor

Mais je suis, Beatris, malheureuse à tel point

Que j'aime un Cavalier...

Beatris

Qui ne vous aime point ?

Leonor

65 Non, mais qui ne sçait pas que pour luy je soûpire.

Beatris

Le mal-heur n'est pas grand, il ne faut que luy dire.

Leonor

Et comment, Beatris ?

Beatris

C'est moy qui lui dira ;

Reposez-vous sur moy, Dieu nous assistera.

---

67. Souvent au XVIIe siècle, le verbe d'une proposition relative, bien qu'ayant pour antécédent un pronom de la 1re personne, se met à la troisième personne. Voir A. Haase, *Syntaxe française du XVIIe siècle*, p. 149-151.

Quand c'est à bonne fin, l'œuvre n'est pas mauvaise.
70 Ah ! vrayment, il vaut mieux aimer chaud comme braise
Que hayr son prochain et luy faire le froit.
Madame, il faut aimer ce qu'aimable l'on croit,
Et ne pretendre pas aussi, pour estre aimable,
Qu'on ait droit de laisser perir un miserable.
75 Quand vostre amant seroit plus fier qu'un Narcissus,
J'en viendrois bien à bout, j'en aurois le dessus ;
Et si, je ne tiens pas la chose difficile :
Comment trouveroit-il qui vous vaille en la ville ?
Nommez-le seulement, je vous le rens rendu ;
80 Et quand pour son mérite, il feroit l'entendu,
(Car je ne doute pas qu'il n'en ait plus qu'un autre,
Puis qu'il a le pouvoir d'assujettir le vostre),
Nous avons pour gagner les superbes amans
Des secrets aussi forts que des enchantemens.
85 Mais pour vous, que le Ciel a faite toute belle,
Vous n'avez qu'à joüer un peu de la prunelle,
Vous n'avez qu'à luy faire une fois les yeux doux,
Vous le verrez bien-tost embrasser vos genoux.
Belle, riche d'esprit, noble, avec tous ces charmes,
90 Vous avez des desirs qui vous coustent des larmes !

---

71. Faire le froit. « On dit faire froid à quelqu'un pour dire, lui faire mauvais accueil » (Fur.). Dans *Dom Japhet*, Marine donnera des conseils analogues à Leonore (I, 4).

75-76. Narcissus, dessus : rimes cocasses. On sait que Narcisse n'était épris que de lui-même et dédaignait les belles.

77. Et si : et aussi.

C'est à vous bien plus tost à donner des desirs,
Qui causent de l'extaze, ou bien des déplaisirs.
Selon que vous serez en humeur de bien faire,
Il sera trop heureux, Madame, de vous plaire.

Leonor

95 Oh ! Oh ! la Beatris, qui t'en a tant apris ?
Je ne connoissois pas ton merite et ton prix ;
Je ne pensois avoir qu'une simple servante,
Et tu t'es découverte une fille sçavante.

Beatris

Je puis parler d'amour, puis que j'en ay tasté,
100 Et vous y puis servir, puis que j'en ay traitté ;
Mais depuis un certain, qui mourut à la guerre,
Je ne prens plus plaisir aux choses de la terre.
Que maudit soit le jour que premier je le vi !
Si mon cruel destin ne me l'avoit ravi,
105 Je ne me verrois pas une simple soubrette.
Mais Dieu l'a bien voulu, sa volonté soit faite.
Parlons de vostre affaire, et me contez un peu
Comment, quand, et par qui vostre cœur a pris feu.

---

103. Premier : pour la première fois.
105. Ce passé auquel elle fait allusion, donne à Beatris une véritable personnalité. Rien de tel chez Solórzano.

Leonor

Ce fut un peu devant que nous fussions ensemble.
110 Dieux ! à ce souvenir je frissonne et je tremble.
Un jour qu'il fit fort beau, j'allay me promener
Aux champs, où j'avois fait aprester le disner ;
J'avois pris avec moy quatre de mes amies.
Apres disner estant toutes cinq endormies,
115 En attendant le frais, laissant passer le chaud,
Un effroyable bruit me réveille en sursaut ;
Je me leve, et ne voy dans la chambre parestre
Qu'une espaisse fumée à travers la fenestre ;
Je voy le Ciel en feu, qui me remplit d'effroy :
120 Je tombe évanoüye et si fort hors de moy
Que qui m'eût veüe alors, m'eût creüe aisément morte.
Le feu gaignoit déjà l'escalier et la porte ;
Ces Dames, qui m'avoient laissée en ce danger
(La peur les avoit bien empesché d'y songer),
125 Versoient assez de pleurs, faisoient assez de plaintes,
(Et je jurerois bien qu'elles n'estoient pas feintes),
Offroient assez d'argent ; mais à me secourir
Chacun faisoit le sourd, de crainte de mourir ;
Alors qu'un Cavalier, conduit par mon bon Ange,

---

109. Le récit qui suit est justifié par l'ignorance de Beatris, qui n'était pas encore au service de Leonor au moment des faits. De même, chez Solórzano,

Como ha tan poco que estas
En mi servicio no sabes
Mi tormento...

111-112. Solórzano précise que c'était la Saint-Jean et que les jeunes filles sont allées dans une maison des champs, *una quinta*, près du Manzanarès.

130 Arrive, est informé de ce mal-heur estrange,
(Ces Dames, en pleurant, lui content mon mal-heur),
Et luy, (fut-il jamais de pareille valeur ?
Fut-il jamais vertu comparable à la sienne ?),
Met sa vie au hazard pour secourir la mienne,
135 Saute sans heziter de son carosse en bas,
Passe au travers du feu qui ne l'espargne pas,
Monte viste en la chambre, ou plûtost il y vole.
Cette belle action dehors passe pour folle ;
On le plaint, on le croit aussi perdu que moy,
140 Lors qu'on le void sortir, me traisnant après soy,
Le poil bruslé, le teint tout noircy de fumée.
Il ne s'en alla point tant qu'il me vit pâmée,
Mais si-tost qu'il me vit reprendre mes esprits,
Sans que son action receust le moindre prix,
145 (Je confesse en cela que l'on fit une faute,
Et par là j'ay bien veu qu'il a l'ame bien haute),
Sans se faire de feste ou se faire valoir,
Sans qu'il me soit depuis seulement venu voir,
Il s'eloigna de nous, ce bel Ange visible.
150 Juge si j'en receus un déplaisir sensible,
Alors qu'on m'eust apris ce que luy devois.
C'est ce qui m'a reduite au poinct où tu me vois ;
C'est ce qui m'a depuis fait verser tant de larmes,
Et donné sur mon cœur tant de force à ses charmes
155 Que rien ne me paroist aimable comme il est.
Aprés luy dans la Cour personne ne me plaist,

137. Ed. orig. : où. Nous rectifions d'après l'éd. 1659.
139. Ed. orig. : on se plaint. Ed. 1659 : on le plaint.
147. Se faire de feste : « Se dit proverbialement en ces phrases : cet homme se fait de feste, pour dire qu'il veut se rendre nécessaire, ou se mesler d'une chose où il n'est point appelé » (Fur.).

Soit qu'il soit trop aimable, ou moy trop susceptible
D'un amour, qu'à chasser j'ay fait tout mon possible ;
Car je l'ay veu depuis, cet aimable vainqueur,
160 Mais je ne l'ay pû voir qu'aux despens de mon cœur,
Mais je ne l'ay pû voir sans en estre amoureuse,
Et de plus, Beatris, jalouse et furieuse.
Ne desaprouve point ces mouvements jaloux :
Je l'ay veu depuis peu dans l'Eglise à genoux,
165 Discourant en secret avec une inconnuë,
Que mon Page suivit jusques dans cette ruë ;
Et c'est pourquoy j'y viens depuis deux ou trois jours,
Et ce qui m'y fait faire avec toy tant de tours.
Mais j'aperçoy venir le plus fâcheux des hommes.
170 Je suis au desespoir s'il connoist qui nous sommes :
C'est un homme choquant, un homme sans raison.

Beatris

Entrons sans marchander dedans cette maison.
J'en vois sortir, me semble, une femme assez belle.

---

158. Cf. *El Mayorazgo Figura* :

Procuré con resistencias
Reparar las baterías
Que el amor me estaba dando.

165. *Ibid.* :

Viviera con esta pena...
Si ayer, que al Cármen fuí a misa,
En su iglesia no mirara
Que este galán asistía
Al lado de una embozada.

171. Choquant : « qui offense » (Fur.), qui contrarie.

173. Première coïncidence : Léonor se réfugie précisément chez sa rivale.

Leonor

Mon Dieu ! sans la connoistre ?

Beatris

Et vous mangera-t-elle ?
175 Allez, allez, Madame, et parlez hardiment :
Il ne vous en sçauroit coûter qu'un compliment.

Scene Seconde

Leonor, Helene, Beatris

Leonor

Madame, n'ayant pas l'honneur de vous connoistre,
Vous n'aprouverez pas ma liberté, peut-estre ;
Mais vous ne pouvez pas avoir tant de beauté,
180 Que vous n'ayez beaucoup de generosité.
Ce Cavalier qui vient me poursuit ; il m'importe
D'éviter son abord ; je croy qu'à vostre porte
Je rencontre à propos un lieu de seureté,
Où je ne craindray point son importunité.

Helene

185 A vostre seul abord, sans voir vostre visage,
Je vous accorderois encore d'avantage.
Aprochez-vous, Madame, et ne redoutez rien.

Scene Troisiesme

Dom Juan, Leonor, Helene, Beatris

Dom Juan

En vain vous vous cachez, je vous reconnois bien.
Pourquoy me fuyez-vous, ingrate Leonore ?
190 Ah ! c'est trop mal-traiter celuy qui vous adore,
Et qui pourtant est prest de se mettre à genoux,
S'il a pû vous deplaire en courant apres vous.

Leonor

Oüy, Seigneur Dom Juan, c'est moy, je le confesse.
Quel plaisir prenez-vous à me fâcher sans cesse ?
195 Pensez-vous emporter par obstination
Ce qu'on ne peut gagner que par affection ?
Mon humeur, dites-vous, est une chose estrange.
Quand Dieu vous auroit fait aussi parfait qu'un Ange,
Quand il vous auroit fait un objet plein d'appas,
200 Avecque tout cela, vous ne me plairiez pas.
De cette aversion vous demandez la cause :
C'est vous seul qui pouvez en sçavoir quelque chose,
Puis que cette cause est, ainsi que je le croy
Et selon l'apparence, en vous plûtost qu'en moy.
205 Pour donner de l'amour, le secret est de plaire ;
Vous ne me plaisez pas ; que pensez-vous donc faire ?
Vous m'offrez vostre cœur en eschange du mien :

---

196. Ed. orig. : gaiger. Ed. suiv. : gaigner.

Pourquoy changer mon cœur, si je m'en trouve bien ?
Et quand je voudrois bien le changer pour un autre,
210 Estes-vous asseuré que je prisse le vostre ?
Parce que vous m'aimez, vous dois-je aimer aussi ?
Est-ce bien raisonner que de conclure ainsi ?
Vous m'aimez, dites-vous, car je suis bien aimable ;
Si vous ne m'estes pas en cela comparable,
215 Si vous n'estes aimable autant que je le suis,
C'est me demander trop et plus que je ne puis.
Et c'est sur ce sujet tout ce que je puis dire.

Helene

Je ne voy pas pour vous grande matiere à rire,
Mais bien à composer de pitoyable vers
220 Contre la dureté de ce sexe pervers,
Contre les cruautés de ces méchantes femmes,
Qu'on devroit assommer à grands coups d'Epigrammes.

Dom Juan

Ah ! Madame, c'est trop avoir de cruauté :
Railler un mal-heureux, c'est une lâcheté.
225 Mais de ce procédé, quoy qu'il soit bien estrange,
Si vous me procurez un regard de mon Ange,
Je vous promets, Madame, et je vous le tiendray,
Que, comme d'un bienfait, je m'en ressouviendray.

---

217. L'ingénue timide de la première scène se transforme en une interlocutrice redoutable dans l'argumentation et la raillerie.

Leonor

Eh, mon Dieu, Dom Juan, lors que vous m'aurez veüe,
230 Quel plaisir pensez-vous recevoir de ma veüe ?
Je vous regarderay comme un persecuteur.

Dom Juan

Est-ce persecuter que de donner son cœur ?

Leonor

Entendray-je toûjours dire la mesme chose ?

Helene

Encore que je sois suspecte en cette cause,
235 Sçachez, mon Cavalier, qu'aimer sans agréement,
C'est dépenser son bien très inutilement,
C'est n'estre pas trop bien avec sa destinée,
Et dés ce monde icy vivre en ame damnée ;
Ce qui de vous estant de près consideré,
240 Laissez Madame en paix, et me sçachez bon gré
De vous avoir donné cet advis salutaire.

Dom Juan

Je veux suivre un advis au vostre tout contraire
Et, que je plaise ou non, servir jusqu'à la mort
Cette ingratte beauté de qui dépend mon sort :
245 Le temps pourra changer son humeur de tygresse.

---

235. Sans agréement : sans être agréé, sans le consentement de l'autre.

Leonor

N'esperez rien du temps, qu'une triste vieillesse,
La cheute des cheveux, et la perte des dents ;
Et parce qu'avec vous je passe mal le temps
Et que Madame en est sans doute importunée,
250 Allez pester plus loin contre la destinée.

Dom Juan

Madame, j'attendray plûtost jusqu'à demain
Que je n'aye l'honneur de vous donner la main
Jusqu'à vostre demeure.

Leonor

Et moy, pour m'en defendre,
J'espere vous lasser en vous faisant attendre.

Helene

255 Vous voulez donc, Monsieur, assieger ma maison ?

Dom Juan

Vous estes contre moy, Madame ?

Helene

Avec raison.
Vit-on jamais user de telle violence ?
Si quelqu'un m'avoit fait une pareille offense...
Mais je voy Dom Diegue, il vient tout à propos.

Leonor, *tout bas*

260 Ah ! Beatris, c'est luy qui trouble mon repos.

Helene

Vous ne voulez donc pas laisser en paix Madame ?

Dom Juan

Vous voulez donc qu'un corps s'éloigne de son ame ?

Helene

Je ne puis plus souffrir tant d'incivilité.
Dom Diegue, de grace, ayez la charité
265 De vouloir delivrer une dame assiegée,
A quoy je suis aussi par honneur engagée.

Scene Quatriesme

Dom Diegue, Helene, Dom Juan, Leonor, Beatris

Dom Diegue

Eh, Madame, qui donc vous fait la guerre ainsi ?

Helene

C'est Monsieur.

---

260. Deuxième coïncidence, Dom Diegue est justement l'inconnu dont Leonor est éprise.

Dom Diegue

Dom Juan, puis-je croire cecy ?

Helene

J'estois dessus ma porte, une Dame inconnuë
270 Avecque sa suivante à la haste est venuë
Se sauver près de moy, pour éviter l'abord
De Monsieur que voilà, qui la couroit bien fort.
Il l'aime, à ce qu'il dit ; elle ne l'aime gueres,
Elle luy vient de dire en paroles bien claires.
275 Luy, sans se rebuter de sa severité,
La veut accompagner contre sa volonté.
Son importunité m'a semblé bien estrange,
Et c'est peu respecter ce qu'il nomme son Ange.
Je l'ay voulu prier, je n'ay rien obtenu.
280 C'est où nous en estions, quand vous estes venu.

Dom Diegue

Ah ! Seigneur Dom Juan, nous devons tout aux Dames :
Les hommes ne sont nés que pour servir aux femmes.

Dom Juan

Ce que vous dites là, qui le sçait mieux que moy ?
Mais lors que j'ay pensé faire ce que je doy,
285 Luy présenter la main pour la mener chez elle,

---

272. Qui la courait : courir « signifie aussi poursuivre quelqu'un » (Fur.).
282. Ed. orig. : ne sont nais. Ed. 1659 : nés.

Elle m'a refusé, l'ingratte, la cruelle,
Elle a fait l'inconnuë et m'a caché ses yeux,
Apres deux ans entiers que je brûle pour eux.
A la fin la fureur suivra la patience.

Dom Diegue

290 Pretendez-vous vous faire aimer par violence ?
L'amour se doit gaigner et ne se peut ravir.
Si vous le trouvez bon, je m'offre à vous servir :
Demain, si vous voulez, je luy rendray visite.

Dom Juan

Je suis au desespoir.

Dom Diegue

Un homme de mérite
295 Doit esperer toûjours.

Dom Juan

Ah ! l'ingratte beauté
A trop peu de justice et trop de cruauté.
J'ay juré de la voir ; je ne puis sans offence...

Dom Diegue

Dom Juan, en amour le vœu d'obeissance
Va devant tous sermens. Allons.

---

288. Ed. 1659 : je brûlay.
299. Ed. 1650 (copie) : les sermens.

Dom Juan

Je le veux bien.
300 Vous promettez beaucoup, mais je n'espere rien.

Scene Cinquiesme

Helene, Leonor, Beatris

Helene

Il s'en va bien fâché, le pauvre miserable.
Vous ne me tiendrez pas une rigueur semblable :
Je verray ces beaux yeux qui luy font tant de mal,
Et vostre amant s'en va devenir mon rival.

Leonor

305 Me monstrer, ce n'est pas le moyen de vous plaire,
Mais, vous obéïssant, je ne sçaurois mal faire.

Helene

Ah ! vrayment, je l'excuse au-lieu de le blâmer :
Il ne vous a pû voir et s'empecher d'aimer.
Ou trouvez le moyen de vous rendre invisible,
310 Ou laissez-vous aimer.

---

304. Subtilité galante : elle aussi va s'éprendre de la belle Léonor.
306. Léonor lève alors son voile.
307. Cf. Solórzano, *El Mayorazgo figura* :
Que esa belleza disculpa
De vuestro amante la culpa.

Leonor

Madame, est-il possible,
Lors que vous me raillez assez visiblement,
Que vous gagniez pourtant mon cœur absolument ?
Vous m'avez fait, Madame, un plaisir dont j'espere
Me revancher bien tost, et Monsieur vostre frere,
315 En éloignant de moy cet Empereur des Fous,
S'est acquis dessus moy ce qu'il peut dessus vous.

Helene

Dom Diegue est de soy si fort considerable
Que si j'avois pour frere un Cavalier semblable,
Quand cela m'osteroit la plus-part de mon bien,
320 J'y gagnerois beaucoup.

Leonor

Il ne vous est donc rien ?

Helene

Non, mais il tâche assez de m'estre quelque chose.

Leonor

Sa qualité peut estre inégale est la cause
Qu'il aura de la peine à parvenir si haut.

---

320. Solórzano est plus direct :
¿Es vuestro amante?

Helene

Dans sa condition il est bien sans deffaut ;
325 On n'en sçauroit non plus trouver en sa personne ;
Mais ce n'est pas pour rien aujourd'huy qu'on se donne.
Dom Diegue est fort pauvre ; estant ce que je suis,
Je veux vivre en la Cour ; sans bien, je ne le puis :
Mon bien est mediocre, et j'aime la dépence.

Leonor, *tout bas*

330 Ma crainte et mes soupçons font place à l'espérance.

Helene

Que dites-vous ?

Leonor

Je dis qu'en espousant un gueux,
Quelque bien que l'on ait, d'un pauvre on en fait deux.

Helene

Dom Diegue est aimable et son nom est Mendoce,
Mais cela ne fait pas bien rouler un carosse.
335 Un oncle, à ce qu'il dit, gouverneur au Peru,
Luy garde bien du bien, mais il n'est pas venu ;
Je n'aime pas le bien qui n'est qu'en esperance.
Je l'amuse pourtant de quelque complaisance

---

335. Peru : orthographe espagnole, à cause de la rime. Mais le mot est orthographié Perou dans *Dom Japhet*, v. 1510.

338. Je l'amuse. Amuser « signifie aussi repaistre les gens de vaines esperances » (Fur.).

Qui ne me coûte guerre et ne m'engage à rien.
340 N'en ay-je pas sujet ?

Leonor

Ah ! que vous faites bien,
Et que l'on void souvent des filles abusées,
Pour n'estre pas ainsi que vous bien avisées !
Mais le plaisir que j'ay de vous entretenir,
Dont je veux conserver toûjours le souvenir,
345 Et que je doy sans-doute à ma bonne fortune,
M'empeche de songer que je vous importune :
Je prend congé de vous.

Helene

Faites-moy donc sçavoir
Le nom de la beauté que j'ay l'honneur de voir,
Et dont la connoissance est pour me rendre vaine.
350 Je vous veux aller voir.

Leonor

Je n'en vaux pas la peine.
Pour vous obeir donc, mon surnom est Gusman,
Mon nom est Leonor, et je loge à Saint-Jean.

---

352. Le surnom est le nom de famille, le nom étant le nom de baptême. Ces « surnoms » sont ceux de grandes familles espagnoles. Scarron a ici traduit fidèlement Solórzano, où l'héroïne déclare :

Doña Leonor de Guzman
Me llamo, y vivo a San Juan.

Peut-être y a-t-il une plaisanterie chez l'auteur espagnol, la calle de San Juan étant une rue peu recommandable, où, écrit Deleito y Piñuela, « abundaban las mujeres equívocas y las casas de mala nota » (*Sólo Madrid es corte*, Espasa Calpe, Madrid, 1942, p. 35).

Helene

Et moy, pour vous le rendre en la mesme monnoye,
Helene de Torrés.

Leonor

Ce m'est beaucoup de joye
355 De connoistre une Dame en qui la qualité
Aussi bien que l'esprit égale la beauté.
Je reviendray bien-tost chez vous vous rendre grace
De vostre bon secours.

Helene

Devant que le jour passe,
Je vous visiteray. Paquette !

Scene Sixiesme

Paquette, Helene

Paquette

Qui va là ?

Helene

360 Maraude, osez-vous bien me respondre cela ?
Dom Diegue a-t-il leu ma lettre ?

---

354. Ed. 1659 : Torrez.
359. En fait, Helene ne rendra pas visite à Leonor le jour même. Voir IV, II, v. 994, où elle fait allusion à leur conversation de « l'autre jour ». L'unité de temps n'est pas respectée.
361. On ne sait de quelle lettre il s'agit. Dans Solórzano, Elena a envoyé un message à Diego, sans doute pour s'informer de son héritage.

Paquette

Oüy, Madame.

Helene

Et que vous a-t-il dit ?

Paquette

Il vous nomme son ame,
Son Ange, son soleil, son inclination,
Et cent autres beaux mots d'édification
365 Qui m'ont bien fait pleurer, car je suis un peu tendre.
Sans doute je serois personne aisée à prendre,
Et qui me parleroit d'une mourante voix,
Auroit mon cœur, mon ame, et plus, si je l'avois.
Quand je voy Dom Diegue auprès de vous en larmes
370 Vous dire cent beaux mots qui sont autant de charmes,
Et que je considere aussi d'autre costé
Helene de Torrés, dont il est écouté,
Qui ne s'en émeut point, au lieu de satisfaire
Aux obligations...

Helene

Je vous feray bien taire.
375 Cette coquine là se mesle de prescher.
Allez dire à quelqu'un qu'on cherche le cocher.

Fin du premier Acte

---

368. Sous-entendu grivois.

ACTE II

SCENE PREMIERE

Dom Diegue, Roquespine

Dom Diegue

Ah ! Je n'ay jamais veu d'homme plus obstiné ;
En son logis pourtant enfin je l'ay mené.
Il revenoit toûjours à la Dame inconnuë
380 Qu'il avoit rencontrée au milieu de la ruë
Et n'avoit pas voulu luy monstrer ses beaux yeux,
Qu'il appelloit ses Rois, ses Soleils et ses Dieux.
Il a fait cent sermens qui ne sont pas vulgaires,
Il a pris le bon Dieu de toutes les manieres,
385 Disant que la beauté, qui le méprise tant,
Devoit considerer un homme si constant.
Il m'a fait le recit de toutes ses proüesses
Et le dénombrement de toutes ses Maistresses,
Et cela pour monter, y joignant les combats,
390 A cent contes pour rire, et tout cela fort bas.
Quoy que nous fussions seuls, il m'a fait voir en prose
Deux discours sur l'estat, du ton de Bellerose
M'a recité des Vers ; enfin il a tant fait

---

384. Comprendre : il a attesté Dieu.
389. Monter : parvenir, en arriver à.
392. Bellerose : Pierre Le Messier, dit Bellerose, célèbre comédien de l'Hôtel de Bourgogne, mort en 1670. Scarron se moque dans *le Roman comique* de l'affectation de son jeu et de l'emphase de son débit.

Que, de son sot esprit assez mal satisfait
395 Et, pour dire le vray, de sa personne entiere,
Je l'ay laissé pestant contre la Dame fiere,
Que je dois visiter, pour luy dire qu'elle a
Grand tort de le traiter de cette façon là ;
Et de plus il m'a fait, bon-gré mal-gré, promettre
400 De joindre à ma visite une efficace lettre
Pour rendre cét esprit de Tygre un peu plus doux.

Roquespine

Vous devriez bien plûtost, Monsieur, songer à vous,
Et, sans vous tourmenter pour le repos d'un autre,
Travailler tout de bon pour establir le vostre.
405 Helene de Torrés vous mene par le bec,
Met vostre cœur en cendre et vostre bourse à sec.
Lors que vous luy parlez de conclure l'affaire,
La mattoise qu'elle est adroitement differe,
Et jure son grand Dieu, vous faisant les yeux doux,
410 Que si vous l'aimez bien, elle est folle de vous,
Mais que plusieurs raisons, qu'elle ne peut apprendre,
Malgré tout son amour, la font encore attendre ;
Et moy, qui vois bien clair, Monsieur, je vous apprend
Que le bien de votre oncle est tout ce qu'elle attend,

---

405. Vous mène par le bec : c'est peut-être la nécessité de la rime avec le vers suivant (sec), qui a amené Scarron à employer cette expression au lieu de la formule habituelle : mener par le nez. On dit qu'on mène un homme par le nez, selon Furetière, « pour dire qu'il se laisse tromper, qu'on en fait tout ce qu'on veut. » Peut-être y a-t-il contamination avec l'expression « passer la plume par le bec à quelqu'un », c'est-à-dire le tromper, le frustrer de ses espérances.

415 Non que vous déplaisiez à cette Dame chiche,
Mais elle aime le bien, et vous n'estes pas riche.

Dom Diegue

Je seray riche un jour, quand mon oncle mourra.
Mon Dieu, quand mourra-t-il ?

Roquespine

Le plus tard qu'il pourra ;
Mais je veux qu'il soit mort ; vous savez qu'un naufrage
420 Peut vous faire décheoir de cet ample heritage ;
Et la flotte qui vient, que l'Hollandois attend,
Et que le plus souvent vous sçavez bien qu'il prend,
Si Dieu veut qu'elle prenne Amsterdam pour Seville,
Vous passerez fort mal le temps en cette ville ;
425 Et je veux qu'on me pende, en cas que cela soit,
Si chez elle jamais l'ingratte vous reçoit.
Toute la subsistance est, peu s'en faut, tarie ;
Vous sollicitez mal votre commanderie ;
Très-inutilement vous tirez, comme on dit,
430 De la poudre aux moineaux, et donnez à credit
Vostre temps, dont jamais on ne vous tiendra compte.
Vous en crevez de rire et moy, j'en meurs de honte.

---

421. En 1649, date de la représentation de la pièce, les Provinces Unies avaient, au terme d'une longue guerre, conclu la paix avec l'Espagne.

428. Commanderie : bénéfice possédé par certains dignitaires des ordres religieux militaires, celui de Calatrava, par exemple.

430. Tirer de la poudre aux moineaux : user inutilement et mal à propos ses ressources.

Dom Diegue

Es-tu mon Pedagogue, ou bien mon Gouverneur ?

Roquespine

Je suis vostre Escuyer, de plus, homme d'honneur.

Scene deuxiesme

Filipin, Dom Diegue, Roquespine

Filipin, *entre en chantant.*

435 Que de Valladolid la Tour tombe sur toy,
Qu'elle tombe et te tuë, eh ! que m'importe à moy ?
Giribi, etc.

Dom Diegue

Oh ! oh ! c'est Filipin : eh bien ! quelles nouvelles ?

Filipin

Desquelles voulez-vous ? dites-le moy, desquelles ?
Car j'en ay pour pleurer et pour ne pleurer pas :
440 J'apporte de l'argent et j'annonce un trespas.

---

435. Les éditions 1650-59 portent : que la tour de Valladolid. Il s'agit sans doute de la tour de la cathédrale, commencée sous Philippe II et jamais achevée ; des quatre tours prévues, une seule fut terminée et — plaisante prémonition de Filipin — elle s'écroula le 31 mai 1841. Nous remercions M. Serge Maurel, Professeur à l'Université de Poitiers, à qui nous devons ce renseignement.

436. Ed. orig. : tuë, qui m'importe ; éd. 1659 : tuë, que m'importe. Dans Solórzano, Marino entre aussi tout joyeux :

Salto, brinco, corro,
Estoy loco de contento.

Dom Diegue

Dis-nous donc ce que c'est

Filipin

Je veux qu'on le devine,
Ou je ne diray rien.

Dom Diegue

Ce laquais a la mine
De se faire un peu battre.

Filipin

Et devant que parler,
Je veux sçavoir où peut ma recompense aller,
445 Et si, je veux de plus, outre ma recompense,
Que vostre Seigneurie augmente ma dépense.

Dom Diegue

Eh bien ! cela vaut fait ; dis donc succinctement.

Filipin

Ce n'est pas là mon compte : il faut absolument
Que je parle beaucoup, ou bien que je me taise.

---

444. Il s'agit des « *albricias* », ce cadeau qu'on fait à celui qui apporte une bonne nouvelle, et auquel les *graciosos* de la *comedia* font souvent allusion.

446. Dépense : « Se dit du petit vin qu'on donne à boire aux valets, qu'on fait avec de l'eau qu'on fait cuver sur le marc pressuré » (Fur.).

449. Tout ce bavardage et ces retards de Filipin sont de Scarron. Dans Solórzano, Marino, une fois assuré de ses *albricias*, annonce la mort de l'oncle et l'héritage en « breves razones ».

Dom Diegue

450 Parle ton saoul.

Filipin

De plus, je demande une chaise.

Dom Diegue

Prens-en une.

Filipin

Et de plus, quand j'auray commencé,
Si quelqu'un m'interrompt, je veux estre offensé,
Et qu'on ait là-dessus à me bien satisfaire.

Dom Diegue

Et qui t'interrompra ?

Filipin

Ce vieil gobe-clistere,
455 Cet escuyer que Dieu confonde, et qui se rit
De tout ce que je dis, et fait du bon esprit.

Dom Diegue

Je te respons de tout, commence donc.

---

450. Ed. orig. : ma chaise.

Filipin

A d'autres !
Vous transgressez déja les conditions nostres.
Ne vous ay-je pas dit, et vous le sçavez bien,
460 Que vous devinassiez, et vous n'en faites rien ?

Dom Diegue

Et si je devinois, qu'aurois-tu plus à dire ?
Sçais-tu bien, gros faquin, que je suis las de rire,
Et, si tu fais le sot, qu'à grands coups de baston...

Filipin

Oh ! Oh ! je vous croyois aussi doux qu'un mouton.
465 Et que diable vous sert d'avoir leu la Morale ?
Vous vous fâchez pour rien, et vous devenez pâle.
Eh bien, n'en parlons plus ; je parle, écoutez-moy.

Dom Diegue

Je ne t'écoute point ; je le sçauray sans toy.

Filipin

Vous ne m'écoutez point ? de grâce, à la pareille,
470 Monsieur, accordez-moy l'honneur de vostre oreille.

Dom Diegue

Je veux faire à mon tour quelques conditions.

---

469. A la pareille : à charge de revanche.

Filipin

Faites, je passe tout, hors les contusions.
Qui diable vous a dit que c'estoit là mon tendre ?
Je ne veux point parler, alors qu'on veut m'entendre ;
475 Quand on ne le veut plus, j'enrage de parler ;
Et maintenant, Monsieur, je ne le puis celer,
Si vous me deffendez de dire mes nouvelles,
Vous perdez le Phœnix des serviteurs fidelles ;
Les discours retenus me pourront suffoquer,
480 Et d'une mort si sotte on se pourra moquer.

Dom Diegue

N'y retourne donc plus, parle, je te fais grace.

Filipin

Voulez-vous un discours avec une preface,
Et tous les ornemens que j'y pourray donner ?

Dom Diegue

Depesche en peu de mots, et sans tant badiner.

Filipin

485 Certes il est bien vray que jamais la fortune...

---

478. Phœnix : « Se dit figurément en morale, lorsqu'on veut louer quelqu'un d'une qualité extraordinaire, et dire qu'il est l'unique en son espèce » (Fur.). On dira « le phœnix des guerriers, des amants », mais « le phœnix des serviteurs » est burlesque.

485. Filipin allait développer un lieu commun sur la fortune, qui n'apporte jamais un bien sans y joindre un mal. Mais D. Diègue l'interrompt.

Dom Diegue

Ce beau commencement dès l'abord m'importune.

Filipin

Je vay changer de style : outre la pension,
Monsieur, je vous aporte une succession.

Dom Diegue

Mon cher oncle est donc mort ?

Filipin

Et pour longues années.
490 Que de femmes par tout vous vont estre données !
Le franc homme d'honneur que vous avez perdu !
Le grand bien qu'il vous laisse, à Seville rendu,
En est bon témoignage. Oh ! la belle monnoye !
Que de gros patagons son Commis vous envoye ;
495 En argent monnoyé, diamans et lingots,
Cent mille beaux écus ; trente jeunes magots,
Autant de perroquets, de cachou plein deux quaisses ;
Bref trois vaisseaux chargez de toutes les richesses

---

494. Ed. orig. : patacons. « Monnoye de Flandres faite d'argent, qui a valu d'abord 48 sols et depuis 58 s. On le confond avec les richedales d'Allemagne et les monnoyes espagnoles qu'on appelle reaux et autres pieces cornuës et mal fabriquées dont il est venu un grand nombre du Perou » (Fur.).

496. Cf. Solórzano :

... en barras y patacones,
Son doscientos mil ducados.

497. Le cachou venait plutôt des Indes orientales.
Ed. de 1650, copie : de choucas plein deux quaisses.

Que possedoit vostre oncle. Helas ! encore un coup.
500 En gagnant tant de bien, que vous perdez beaucoup !
Mais si vous commandiez qu'on me donnast à boire,
Pour m'oster, si l'on peut, sa mort de ma memoire,
Tandis que vous lirez ce que l'on vous écrit,
J'irois me delasser et le corps et l'esprit.
505 J'ay bien peur de trouver tout froid dans la cuisine.

Dom Diegue

Va le faire manger, et reviens, Roquespine.

Roquespinc

Le voilà qui revient.

Filipin

Monsieur, sortant d'icy,
Une Dame voilée et sa servante aussi,
Qui ne m'a pas paru non plus qu'elle pourrie,
510 Attend pour vous parler dans cette Gallerie.

Dom Diegue

Dis-luy qu'elle entre.

Filipin

Entrez, Madame au nez caché,
Dom Diegue est tout seul, et n'est pas empéché.

501-505. L'ivrognerie et la goinfrerie sont les traits traditionnels du *gracioso*.

Scene troisiesme

Leonor et Beatris *voilées*, Dom Diegue, Filipin

Leonor

C'est comme je le veux.

Dom Diegue

Elle a fort bonne mine.

Filipin

La putain de servante a guigné Roquespine.

Leonor

515 Monsieur, pour un sujet que vous allez sçavoir,
Faites sortir vos gens.

Dom Diegue

Vous vous ferez donc voir ?

Leonor

Vous n'en serez pas mieux lors que vous m'aurez [veuë.

---

514. Guigner : « On le dit de ceux qui regardent quelque chose assiduement, et avec envie de l'obtenir » (Fur.). Familier, selon F. Bar.

Filipin

La Dame qui se cache est ou vieille, ou barbuë.

Dom Diegue

Pour estre ainsi, Madame a trop bonne façon,
520 Mais alors qu'on se cache, on donne du soupçon.

Filipin

Et vous qui paraissez estre la Damoiselle
De cette Damoiselle, ou vous n'estes pas belle,
Ou j'oze bien gager que vous ne valez rien,
Puis que vous vous cachez aux yeux des gens de bien.

Beatris

525 Et vous, plaisant ou Fou de Monsieur vostre Maistre,
Mulletier ou laquais, car tout cela peut estre,
Je gage bien plûtost que vous ne valez rien,
Puis que vous tourmentez ainsi les gens de bien.

Filipin

Il n'a pas mal parlé, ce visage de crespe.
530 O beauté, qui m'avez piqué comme une guespe,

---

518. Les goguenardises de Filipin sont de l'invention de Scarron.

521-22. La Damoiselle de cette Damoiselle : Scarron joue sur la répétition du mot, pris dans deux acceptions différentes. Damoiselle se dit « d'une fille qui est à la suite ou au service d'une dame », mais désigne aussi, dans la seconde occurrence du mot, une « femme ou fille d'un gentilhomme qui est de noble extraction » (Fur.).

525. Plaisant : « Bouffon, celui qui affecte de faire rire » (Fur.). Beatris définit ainsi le rôle de Filipin. « Dans les comédies, il y a toujours un plaisant » (Fur.).

529. Visage de crespe : visage voilé par un crêpe.

Daignez me recevoir pour vostre humble frelon :
Quoy que laquais, je suis favory d'Apollon.

Leonor

Sortons, sortons d'icy. Dom Diegue et sa suitte
Devoient mieux recevoir ma premiere visite.

Dom Diegue

535 Ah ! Madame, arrestez, Dom Diegue fera
(N'en doutez nullement) tout ce qu'il vous plaira.

Leonor

Commandez donc, Monsieur, encore un coup qu'ils [sortent,
Et vous sçaurez de moy choses qui vous importent.

Filipin

Adieu, belle inconnuë !

Beatris

Adieu, vilain connu !

Filipin

540 Adieu, vieille suivante.

Beatris

Adieu, laquais chenu.

Scene quatriesme

Leonor, Dom Diegue

Leonor

Sans employer le temps en discours inutiles,
Et sans vous accabler de paroles civiles,
De la part d'une Dame à qui vous estes cher,
Je suis icy venuë expres pour vous chercher,
545 Et pour sçavoir de vous si vous estes à prendre,
Ou si vous estes pris : veüillez donc me l'apprendre.
Cette Dame a dessein de vous bien marier,
En cas que vous soyez un homme à vous lier ;
Elle sçait vostre nom, connoist vostre merite,
550 Et c'est pour cela seul que je vous rend visite.

Dom Diegue

Je ne vous diray rien, si vous ne promettez
De lever vostre voile et monstrer vos beautez.

Leonor

S'il ne tient qu'à cela, vous verrez mon visage,
Encor qu'à le cacher j'aye un grand advantage.
555 Dites-moy cependant si vous aimez ou non.

---

548. Cf. Solórzano :

Cierta dama principal...
Me ha mandado que os pregunte
Si en Madrid teneis empeños
De amor con alguna dama,
Para fin de casamiento.

Dom Diegue

Volontiers.

Leonor

Vous aimez ?

Dom Diegue

Oüy, j'aime.

Leonor

Tout de bon ?

Dom Diegue

Tout ce qu'on peut aimer.

Leonor

Et vous aimez ?

Dom Diegue

Helene.

Leonor

Helene de Torrés ?

Dom Diegue

C'est elle qui m'enchaine.

Helene

Et qui se meurt d'amour pour vous ?

Dom Diegue

Qui m'aime bien.

Leonor

560 Vous le croyez ?

Dom Diegue

Sans doute.

Leonor

Et moy, je n'en croy rien.

Dom Diegue

Vous ne le croyez pas ?

Leonor

Je le sçay de sa bouche,
Que le bien de vostre oncle, et non pas vous, la touche,
Et que, s'il vous manquait cette succession,
Vous n'auriez jamais part en son affection.

Dom Diegue

565 Femme, qui n'estes pas sans doute son amie,
Qui tâchez d'esbranler ma fortune affermie,
En venant m'advertir que l'on ne m'aime pas,

Sçachez que vous perdez vostre temps et vos pas.
Helene de Torrés m'aime, je le veux croire,
570 Plûtost que les avis d'une Donzelle noire,
Dont peut-estre l'esprit, que l'on ne sçauroit voir,
A son voile est pareil, c'est-à-dire bien noir.

Leonor

Ne jugez plus de moy par ma noire figure ;
Mon visage n'est pas de si mauvais augure :
575 Regardez-moy, Monsieur, s'il vous reste des yeux,
Pour d'autres que pour ceux dont vous faites des Dieux.

Dom Diegue

Oh ! qu'il est difficile, apres vous avoir veuë,
De se garder des maux qui suivent vostre veuë !
Et si j'avois encore un cœur à saccager,
580 Madame, qu'avec vous je serois en danger !
Mais, Madame, il me vient, vous ayant regardée,
De vostre beau visage une confuse idée ;
Il faut bien qu'autres fois il m'ait esté connu.

Leonor

Encor est-ce beaucoup de s'estre souvenu
585 D'un visage commun et fait comme le nostre,

570. Donzelle : « Terme burlesque qui se dit pour Demoiselle, mais il est odieux et se prend ordinairement en mauvaise part » (Fur.).

572. Cf. Solórzano :

Mujer que el rostro se encubre,
Es claro y es manifiesto
Que viene solo a engañar.

575. Leonor lève alors le voile qui cachait son visage.

579. Saccager : emploi burlesque d'un terme qui s'emploie ordinairement pour signifier « piller une ville, la mettre à sac » (Fur.)

Tandis qu'absolument possedé par un autre,
On ne vit que pour elle, et l'on songe fort peu
A voir par charité ceux qu'on sauve du feu ;
Car de civilité l'on n'en espere aucune
590 De qui méprise tout, fors sa bonne fortune.

Dom Diegue

Oüy, Madame, il est vray, contre vous j'ay peché,
(Vous me l'avez chez moy justement reproché)
En ne vous voyant point ; j'en ay fait penitence
Et j'en ay tout de bon beaucoup de repentance.

Leonor

595 En ne me voyant point vous n'avez point souffert ;
Ce que l'on n'aime point, sans regret on le pert.
Si vous avez de moy la memoire perduë,
Puis qu'à nostre merite elle n'estoit pas duë,
Me dire qu'en cela vous avez bien peché,
600 C'est rire à mes dépens, et mesme à bon marché.
Vous adorez des yeux qui vous gardent des nostres,
Mais, Seigneur Dom Diegue, ouvrez un peu les vostres ;
Ne faites pas de moy ce mauvais jugement
De croire qu'à dessein de tromper seulement
605 Je vienne icy chez vous vous avertir qu'Helene
Amuse vostre amour d'une esperance vaine.

---

591. Le langage de la galanterie est le même que celui de la dévotion. Voir de même les vers 593-94.

594. Repentance : repentir. Mot vieilli au XVIIe siècle, selon Ac. Cf. Solórzano :

> ... yo os confieso
> Que me conozco culpado ;
> Enmendaréme del yerro.

D'elle-mesme je sçay que son affection
Suit seulement l'espoir d'une succession ;
Que la succession, ou tardive, ou manquée,
610 Rendra de tous vos soins l'esperance mocquée,
Et que ce dessein seul fait qu'elle vous reçoit.
Ne doutez nullement que tout cela ne soit :
A moy-mesme tantost elle a fait confidence
De cette trahison, qu'elle nomme prudence.
615 Je suis la Dame mesme à qui ce Dom Juan,
Plus funeste pour moy que n'est un chat-huan,
A causé le bon-heur de se voir dégagée
Par vous, lors qu'il m'avoit chez Helene assiegée.
Vous m'obligeastes moins en me sauvant du feu.
620 Peut-estre cét advis vous importune un peu :
Ne vous en prenez point à moy qui vous le donne ;
Je ne fais qu'obeïr à certaine personne,
Dame de grand merite, et qui vous aime assez
Pour souhaitter ailleurs vos feus recompensez.
625 Sans vostre engagement vous auriez avec elle
Ce que vous n'aurez point avec vostre infidelle :
Elle a six mille escus de rente, en qualité
Elle surpasse Helene, et peut-estre en beauté,

---

607. Cf. Solórzano :

Supe de boca de Elena
Cuanto os he dicho.

616. Chat-huan : cet oiseau passe pour être « de mauvais augure » (Fur.).

624. Cf. Solórzano :

Perdonad mi atrevimiento,
Y a la dama que me envia
Le dareis la culpa desto...
Que os tiene un poco de amor.

Ne considere en vous que vostre seul merite ;
630 Et là-dessus, Monsieur, je finis ma visite.

Dom Diegue

Et ne sçauray-je point sa demeure et son nom ?

Leonor

Sans le bien meriter, je pense bien que non.

Dom Diegue

J'iray chez vous l'apprendre.

Leonor

Et que diroit Helene ?
Non, non, n'y venez pas, je n'en vaux pas la peine.

SCENE CINQUIESME

Dom Diegue, Roquespine, Filipin

Dom Diegue

635 Roquespine, laquais, quelqu'un, venez à moy.
L'avanture est plaisante et rare, sur ma foy.
Sçavez-vous ce qu'a fait cette Dame voilée ?

---

628. *Ibid.* :

Puede muy bien competirla
En beldad, entendimiento...
Y en hacienda, pues es cierto
Que tiene seis mil ducados
De renta...

De même, dans *la Dame Suivante*, Isabelle, pour détacher Climante de Léonor, lui dit qu'une dame belle et riche est éprise de lui (III, 6).

Roquespine

Non, je sçay seulement qu'elle s'en est allée.

Dom Diegue

Elle a fait ses efforts pour me persuader
640 Qu'Helene me trahit, que je m'en dois garder,
Et que si je veux rompre avec cette infidelle,
Une autre se presente, et plus riche, et plus belle.

Roquespine

Il n'est rien de plus vray, je l'ay sçeu depuis peu.

Dom Diegue

C'est elle qu'une fois je garantis du feu.

Roquespine

645 La peste, qu'elle est belle !

Filipin

Et jeune.

Roquespine

Et de plus, riche.

Filipin

C'est dommage qu'un champ si beau demeure en friche.

---

639. Ed. 1659 : des efforts.

Dom Diegue

Elle parloit pour elle, ou je me trompe fort.

Filipin

Et prenez-la moy donc, ou vous avez grand tort ;
Prenez-la moy, vous dis-je, et me laissez la peine
650 De découvrir au vray l'intention d'Helene.

Dom Diegue

Et comment ferois-tu ?

Filipin

Feignez tout attristé
Que vostre oncle vous a tout net desherité,
Que ma mere est sa sœur, mariée en Galice,
Et que, par mon bonheur ou par mon artifice,
655 Luy faisant cent rapports que vous ne valez rien,
Le bon homme en mourant m a laissé tout son bien.
Vous sçavez qu à la Cour on ne me connoist guere,
Que je parle un langage estonnant le vulgaire,

---

647. Cf. Solórzano :

Por sí mísma me hablaba.

650. *Ibid.* :

Oye una traza que tengo
Pensada, con que sabrás
Si te tiene amor perfeto
A tu persona ó hacienda.

658. C'est le langage burlesque qui, effectivement, n'est pas un langage populaire malgré la fréquence des mots « bas ». Cf. F. Bar, p. XXV sq.

Et qu'ayant autresfois appris quelque Latin,
660 Je sçay, quoyque laquais, dire sort et destin,
Parler Phœbus, escrire en vers ainsi qu'en prose,
Appliquer bien ou mal une Metamorphose.
Si, malgré mon langage et mine de Pedant,
Vostre Helene reçoit le nouveau pretendant
665 Pour l'espoir des grands biens dont il fera fanfare,
Plantez pour reverdir cette Maistresse avare,
Prenez-moy bien et beau Madame Leonor,
Et ce sera changer vostre argent faux en or.

Dom Diegue

Bien, je veux essayer avec ton stratagême
670 De sçavoir s'il est vray que c'est mon bien qu'on aime.

Filipin

Il faut battre le fer cependant qu'il est chaud :
L'Héritier Ridicule agira comme il faut.

Fin du deuxiesme Acte.

---

661. Parler Phœbus : « On dit proverbialement qu'un homme parle phœbus, lorsqu'en affectant de parler en termes magnifiques, il tombe dans le galimathias et l'obscurité » (Fur.).

662. Métamorphose. La métamorphose est un petit genre poétique qui fut un temps à la mode, après les rondeaux, les énigmes, les triolets, les ballades. L'une des plus célèbres fut *la Métamorphose des yeux de Philis en astres*, de Cerisy (1639).

663. Pedant : régent de collège.

665. Fanfare : « signifie figurément une vaine ostentation » (Fur.).

666. Plantez pour reverdir : laissez là. « Planter se dit proverbialement en ces phrases : me voilà bien planté pour reverdir, pour dire : on m'a abandonné en un lieu où je ne sçay que devenir » (Fur.).

ACTE III

Scene premiere

Helene, Dom Diegue

Helene

Mon Dieu ! ne jurez point : ou veritable, ou feinte,
Une noire tristesse en vostre face est peinte.

Dom Diegue

675 Estant auprés de vous, pourrois-je m'attrister ?

Helene

Contre la verité voulez-vous contester ?
Mais ne sçauray-je point le sujet qui vous fache ?

Dom Diegue

Ce qu'on ne peut celer, il faut bien qu'on le sçache.

Helene

La flotte a-t-elle fait naufrage ?

---

677. Ed. 1659 : ne sçaurois-je.

Dom Diegue

Elle est au port

680 Heureusement conduite ; et si, mon Oncle est mort.

Helene

Qu'est-ce donc qui vous met en peine ?

Dom Diegue

En cette lettre

Vous verrez un malheur capable de m'y mettre

Lettre

Monsieur, etc.

Vostre Oncle Dom Pelage a cassé en mourant le Testament qu il avoit fait en vostre faveur, et a fait vostre Cousin Dom Pedro de Buffalos son heritier universel. Il ne vous laisse que trois cens Ducats de rente durant vostre vie. J'ay fait ce que j'ay peu pour vous servir, je n'ay peu rien obtenir du vieillard, aupres de qui on vous a rendu sans doute de tres-mauvais offices. J'en suis au desespoir et suis,

Monsieur,

Vostre tres-humble et tres-obeïssant serviteur

George Rinaldi.

---

680. Cf. Solórzano !

Hase perdido en el mar
La flota?
— No se ha perdido :
Que ya en Sevilla ha llegado.

La lettre. Dans Solórzano, la lettre déclare que l'oncle a fait Don Payo son héritier, « con cargo de daros en cada un año trecientos ducados de alimentos ». Le ducat « vaut environ un écu en argent, et deux étant d'or » (Fur.).

Helene

Vous avez grand sujet de n'estre pas content,
Et trop de cœur aussi pour vous affliger tant :
685 Une ame genereuse, et qui n'est pas commune,
Est au dessus des biens que donne la fortune.

Dom Diegue

Pourveu qu'Helene m'aime et me veuille du bien,
Les malheurs les plus grands me touchent moins que
[rien.
Sa main mise en la mienne, ainsi que je l'espere,
690 (Car il n'est plus saison que sa bonté differe
De m'accorder bien tost ce sensible bon-heur,
Dont le retardement blesseroit mon honneur),
Sa main, dis-je, donnée et la mienne receuë
Feront qu'en ses desseins la fortune deceuë
695 Me laissera jouïr de ce bonheur parfait,
Sans plus me tourmenter, comme elle a toûjours fait.
Ne differez donc plus ce bien incomparable,
Faites un homme heureux d'un homme miserable,
Achevez ma fortune en public, dés demain,
700 En recevant mon cœur, donnez-moy vostre main.

---

686. Cf. Solórzano :

Es a un hombre principal
Poco accidente una herencia,
Cuando en ingenio y prudencia
Funda su mayor caudal.

Helene

Vous pressez un peu trop ce qu'on peut toûjours faire.
Vouloir estre mon Maistre, est-ce vouloir me plaire ?
Vous m'aimez, Dom Diegue, au moins ce dites-vous ;
J'aime bien Dom Diegue, et crains fort un espous :
705 Vous n'avez point de bien, j'aime fort la dépense.
Jugez par ce discours de tout ce que je pense.

Dom Diegue

Vous refusez un bien si long temps attendu ?

Helene

Osez-vous vous en plaindre, et vous estoit-il dû ?

Dom Diegue

Oh ! que vous cachiez bien vostre ame interessée !

Helene

710 Oh ! qu'en vous espousant je serois insensée !

Dom Diegue

Je ne le pouvois croire, alors qu'on me l'apprit,
Que vous aimiez le bien.

Helene

C'est avoir de l'esprit.

---

701. Dans Solórzano, Elena ne montre pas tout de suite ses sentiments intéressés et loue d'abord Diego pour sa constance. Celui-ci, ravi, vitupère la malignité de ceux qui accusent de cupidité une femme si constante. Mais il sera vite désabusé.

Dom Diegue

Vous en avez beaucoup, mais bien plus d'avarice.
Oh ! que mon beau cousin, frais venu de Galice,
715 Seroit bien vostre fait, tout mal basti qu'il est.

Helene

Vous pensez-vous railler ? s'il est riche, il me plaist.

Dom Diegue

Et ne craignez-vous point de passer pour infame ?

Helene

Non, mais je crains bien fort de me voir vostre femme.

Dom Diegue

Je me verrois venger par vous-mesme de vous,
720 Si mon sot de cousin devenoit vostre espous.

Helene

S'il n'est pas, comme vous, accablé de misere,
Et non pas, comme vous, d'une ame peu sincere,
Je ne le cele point, je l'aimeray bien mieux
Qu'un incivil, un brave, un pauvre, un glorieux.

---

714. Frais venu de Galice. Les Galiciens, auprès des Castillans, ont la réputation d'être assez rustres, comme les provinciaux pour le public parisien.

724. Un glorieux : « Se dit aussi d'un orgueilleux, d'un homme qui a trop de vanité » (Fur.).

Scene deuxiesme

Paquette, Dom Diegue, Helene

Paquette

725 Madame, un Cavalier, ou qui paroist de l'estre,
Suivy d'un Escuyer bien mieux fait que son Maistre,
Demande à vous parler. J'ay retenu son nom :
Pedro de Buffalos ; il se donne du Dom ;
Je croirois pourtant bien, en voyant sa personne,
730 Que ce Dom a besoin que quelqu'autre luy donne.

Dom Diegue

C'est mon Cousin luy-mesme.

Helene

Eh bien ! je le veux voir ;
Qu'on le fasse monter, je le veux recevoir,
Pour vous faire dépit, en homme de merite.

Dom Diegue

Dieu veüille que l'amour succede à la visite !

Helene

735 Oh ! l'estrange figure !

---

728. Dom. « Titre d'honneur emprunté de l'espagnol, qui signifie Sieur ou Seigneur » (Fur.).
735. Cf. Solórzano :

Extraña y rara figura.

SCENE TROISIESME

Filipin, *ou* Dom Pedro de Buffalos, Carmagnolle, Dom Diegue, Helene, Paquette.

Filipin, *ou* Dom Pedro

Ah ! pardon, bel objet !
Je pensois bien encor faire un plus long trajet :
J'ay traversé déjà deux salles et deux chambres.
Ce logis, Dieu me sauve, a quantité de membres.
Que dites-vous de moy d'oser, sans parasol,
740 Visiter un Soleil ? c'est un acte de fol ;
Mais dans l'occasion je vay teste premiere,
Quitte pour me saulcer un peu dans la Riviere,
En quittant vos beaux yeux qui sont miroirs ardens.
Hola ! je suis tout seul, Carmagnolle, mes gens,
745 Carmagnolle !

Carmagnolle

Monsieur

Filipin, *ou* D. Pedro

Tien-moy bien, je palpite.
O dangereuse veuë ! ô fatale visite !
Cousin, où prens-tu donc l'aquiline valeur

---

742. Saulcer : « signifie aussi tremper dans quelque liqueur » (Fur.).

747. Aquiline : de l'aigle. On pense que l'aigle est capable de regarder fixement le soleil. L'emploi au sens propre de l'adjectif — on parle seulement d'un nez aquilin — est un latinisme burlesque.

Qui fait que sans ciller, sans changer de couleur,
Sans baisser seulement à demy la paupiere,
750 Tu la guignes en Aigle une journée entiere ?
Helas ! je ne la voy que depuis un moment,
Et je me sens déja tout je ne sçay comment.
Mais elle ne dit mot, me semble, cette belle.
J'ayme les gens d'esprit, di, Cousin, en a-t-elle ?

Dom Diegue

755 Et du plus raffiné.

Filipin, *ou* D. Pedro

Je luy rendray des soins.

Helene

Si je ne vous dis mot, je n'en pense pas moins.

Filipin, *ou* D. Pedro

Je ne prend pas aussi plaisir qu'on m'interrompe.
Vous m'aimez, n'est-ce pas ?

Dom Diegue

Ouy, si je ne me trompe.

Helene

Qui ne vous aimeroit ?

---

750. Cf. Solórzano :

Admiro en mi señor primo
El aquilino valor,
Pues no le ciega un ardor
Tan esplendente y opimo.

Filipin, *ou* D. Pedro

Bon, elle le prend bien.

760 Ah ! petite civette ! ah ! chatte ! ah ! petit chien !
Petit chien, ce mot là pour femme est ridicule :
Ah ! pardon ! je voulois vous nommer canicule ;
Mais vous avez bon sens, et vous sçavez fort bien
Qu'on nomme également femelle et masle un chien.
765 Ah ! vous m'assassinez de certaines œillades,
Qui ravissent les gens en les faisant malades.
Vos yeux m'ont inspiré de certains sentimens,
Qui sont fort opposez aux saints commandemens.
Madame, fermez-les, fermez-les, ces paupieres,
770 Ces assassins qui font enfler les cimetieres.
Mais ne les fermez point, brûlez, je le veux bien,
Brûlez mon pauvre cœur, je n'y pretens plus rien.
Vous me gastez l'esprit, ou la peste me tuë,
Et ma pauvre raison, de desirs combattuë,
775 M'oblige à vous parler en termes ambigus.
Ah ! si j'avois cent yeux comme defunct Argus,
Ou si j'estois aveugle ainsi que Tiresie,
Ou si vous aviez pris assez de malvoisie

760' Civette : « petit animal, dont on tire un parfum du même nom » (Fur.).

762. Canicule : encore un latinisme burlesque (*canicula* désignant, en latin, une petite chienne).

770. Cf. Solórzano :

Con la duplicada lumbre
Hacen los soles visivos
Delictos ejecutivos.

776-77. Argus, le prince aux cent yeux, chargé par Junon de garder Io. Tirésias, le devin aveugle de Thèbes, qui joue un rôle important dans la légende d'Œdipe.

Et mangé tant de pain, que Ceres et Bacchus
780 Vous peussent rendre enfin prenable par blocus,
Ou si je savois bien ce que je veux vous dire,
Ou si j'avois pouvoir de m'empescher de rire
Comme vous, que je voy vos deux lèvres manger,
Tant vous avez eu peur de me desobliger !
785 Mais riez, bel objet, riez, si bon vous semble,
Et, pour vous enhardir, rions, ma belle, ensemble.
Ça, je vay commencer, rions à l'unisson.
Mon Dieu, que vous riez de mauvaise façon !
Hi, hi, hi, hi, hi, hi, vous riez en guenuche,
790 Adorable beauté qui m'allez rendre cruche.
Je dis vos veritez, c'est mon plus grand regret ;
Si je vous aimois moins, je serois plus discret.
Mais vous venez encor, assassinante œillade,
Malgré mes beaux discours, sur moy battre l'estrade !
795 Eh ! trefve de matras, ils sont hors de saison,
Et parmi les Chrestiens, c'est une trahison.
Je vous le maintiendray, merveille des merveilles,
Tout à l'heure, en champ clos, avec armes pareilles.
Mais vous deliberez, et tant deliberer
800 Sur un semblable cas, c'est me desesperer.

---

782. Ed. 1659 : si j'avois pourveu.
789. Guenuche : « diminutif de guenon » (Fur.).
790. Rendre cruche : « Cruche, signifie figurément un homme beste et stupide, qui ne sçait point raisonner » (Fur.).
793. Assassinante œillade : « On dit en amour que de beaux yeux assassinent, pour dire qu'ils blessent les cœurs » (Fur.). Mais l'adjectif assassinant est burlesque.
794. Battre l'estrade : « Envoyer des cavaliers aux nouvelles, à la descouverte des ennemis » (Fur.).
795. Matras : les traits des arbalètes. « Ce mot est du vieux gaulois très ancien dans la langue » (Fur.).
797. Maintiendray : soutiendrai.

Eh bien ! ma belle, eh bien ! suis-je en amour novice ?
C'est le stile d'amour dont on use en Galice.
S'il n'est pas à la mode, il le faudra changer ;
Pour vous, je feray tout, jusqu'à me fustiger.

Helene

805 Je ne veux pas de vous une si rude espreuve.

Filipin, *ou* D. Pedro

Si vous me promettiez de n'estre jamais veufve,
Quoy que j'aye un regard de Caton le Censeur,
Nous autres Buffalos sçavons tous un coup seur
Pour faire des enfans, et la generative
810 Dedans nous fait la nique à la vegetative.
Estant generatif plus que vegetatif,
Il ne tiendra qu'à vous qu'un nœud copulatif,
En langage moins fin que l'on nomme Hymenée,
Ne nous joigne tous deux, et dés cette journée.

Helene

815 Connoissons-nous devant, et ne nous pressons point.

Filipin, *ou* D. Pedro

Carmagnolle !

---

807. Caton le Censeur : Romain célèbre par l'austérité de ses principes. Censeur en 184, il lutta contre le luxe et la corruption des mœurs.

810. Faire la nique : « se moquer de quelqu'un, de quelque chose, comme n'en ayant que faire, comme ne s'en souciant point » (Fur.).

812. Copulatif : « qui joint, qui lie ensemble. Il ne se dit guères qu'en grammaire des particules qui lient le discours » (Fur.). L'emploi burlesque de mots savants dans un sens grivois rappelle l'usage obscène que le cuistre Grangier faisait de termes grammaticaux, dans *le Pédant joué*.

Carmagnolle

Monsieur ?

Filipin, *ou* D. Pedro

Degrafe mon pourpoint.
L'amour qui dans mon cœur chante ville gagnée,
Excite en mon jabot exhalaison ignée.

Helene

Vrayment, mon Cavalier, ce terme de jabot
820 Est un terme fort bas et qui sent le sabot.

Filipin, *ou* D. Pedro

Un homme comme moy peut le mettre en usage.
Cousin, approuves-tu ce subit mariage ?
Dy, puis-je mieux choisir ? Peut-elle choisir mieux ?

Dom Diegue

Vous monstrez en cela que vous avez bons yeux.
825 Je prend congé de vous, Madame.

---

818. Jabot : « se dit aussi burlesquement de l'homme », dit Furetière, qui cite *Dom Japhet*, IV, 3, 1019-23 :

Amour nabot,
Qui du jabot
De Dom Japhet as fait
Une ardente fournaise...

820. Sentir le sabot, c'est-à-dire avoir des manières ou un parler de paysan, ne figure pas dans Ac., ni dans Fur., qui donnent seulement l'expression « venir avec des sabots chaussez », c.à.d. « en paysan ».

Filipin, *ou* D. Pedro

Ah ! vous me cajollez ;
Et moy, je dis de vous que déja j'extravague,
Enfin que ma raison aupres de vous naufrague.

Helene

Ce terme est fort nouveau.

Filipin, *ou* D. Pedro

Je parle elegamment,
840 Et non pas mon Cousin, qui parle bassement.
Escoutez, escoutez, je vay dire merveilles ;
Vous ravissez mes yeux, defendez vos oreilles.
Si le stile est trop haut, je l'accommoderay
A vostre connoissance, et l'humaniseray.

Helene

845 Vous me ferez plaisir, pourveu que je l'entende.

---

836. Cajollez. Cajoller, c'est « caresser quelqu'un, afin d'attraper de luy quelque chose à force de flatterie » (Fur.).
838. Naufrague : néologisme de l'auteur. Cf. Solórzano :

A tanto golfo me entrego
De luz fulgente y brillante
Que me temo naufragante.

844. *Ibid.*

Estoy hablando vulgarmente
Porque lo culto no ofenda ;
Que temo que no se entienda.

De même, Dom Japhet « démétaphorise » pour se faire entendre du bailli (I, 2).

Filipin, *ou* D. Pedro

Moitié Zone Torride et moitié Groenlande,
Qui Torride brûlez, Groenlande glacez,
Trefve de glace et feu, c'est assez, c'est assez.
De vos regards doublez les forces agissantes
850 Font sur mon pauvre cœur impressions puissantes :
Mitigez-les, Madame, ou s'en faudra bien peu,
Si vous continüez, que je ne crie au feu.
Me voila tantost cuit, quoy qu'aussi dur que roche,
En donnant seulement encor un tour de broche.
855 Eh bien ! vous en riez ?

Helene

Tout autant que je puis.

Filipin, *ou* D. Pedro

Je divertis toûjours les maisons où je suis.
Cependant qu'en resvant mon esprit se repose,
Carmagnolle !

Carmagnolle

Monsieur ?

Filipin, *ou* D. Pedro

Raconte quelque chose
A Madame, fais-luy quelques contes plaisans,
860 Tels que tu m'en faisois durant mes jeunes ans.

---

848. Parodie caricaturale des métaphores pétrarquistes.

Tu me dis quelquesfois mille coyonneries
Qui font crever de rire, et dans tes railleries
Tu reüssis assez. Mais trefve du prochain !
Dis-luy que Dom Diegue est pour mourir de faim,
865 Et qu'il a seulement pour sa mere, ma tante,
Pour ses sœurs et pour luy, trois cens Ducats de rente ;
Qu'il ne peut disposer de ces trois cens Ducats,
Mais du seul usufruict, ce qui n'est pas grand cas ;
Qu'il a perdu ce bien pour mainte et mainte faute,
870 Qu'il pensoit tout avoir et contoit sans son hoste ;
Que, pour avoir esté par trop Venerien,
Joüeur, filou, hargneux, en un mot un Vaut-rien,
Mon oncle Dom Pelage, ayant appris ces choses,
L'a frustré de son bien pour ces trop justes causes ;
875 Que ce qu'il m'a laissé vaut en argent contant
Trois cens mille Ducats.

Carmagnolle

Et les meubles autant.

Helene

Vrayment, mon Cavalier, vous estes donc bien riche ?

Filipin, *ou* D. Pedro

Ouy, ma belle, et sçachez, si vous n'estes pas chiche
De ce que je ne veux recevoir que de vous,
880 Que tous mes biens seront en commun entre nous.

---

862. Coyonneries : « un discours impertinent, plaisant, extravagant » (Fur.).

870. Contait sans son hoste : « Se dit par extension de toutes les affaires qu'on entreprend, sans prevoir les obstacles qui s'y formeront par des parties interessées qui la traverseront » (Fur.).

871. Venerien : « Un homme venerien est celuy que Venus domine » (Fur.).

Helene

Refuser un bonheur, alors qu'il se presente,
C'est n'avoir point d'esprit.

Filipin, *ou* D. Pedro

Ce discours me contente.
J'ay de plus un proces aussi clair que le jour,
Qui sera terminé bientost en cette Cour,
885 Dont j'attend force bien : c'est une bonne affaire.
Escoutez, et voyez si la chose est bien claire.
Mon grand'pere, l'honneur de tous les Buffalos,
Vendit certaine terre au Seigneur d'Avalos.
A quelque temps de là, cette terre venduë
890 Deux cens deux mille escus, dont la somme estoit duë
A mon Oncle, de qui les enfans heritiers
S'opposans au decret seulement pour un tiers,
Ma tante, mariée avec un Aquavive,
Obtint contre l'arrest sentence infirmative,
895 Par retrait lignager forme opposition,
Et reprend tout le bien ; mais, par intrusion,

---

886. L'histoire embrouillée de cette succession, prétexte à un emploi comique du langage juridique, ne figure pas dans Solórzano.

894. Infirmatif : « Terme de Palais, qui se dit en parlant des jugements des supérieurs qui cassent ceux des inférieurs » (Fur.).

895. Retrait lignager : « Se dit quant un lignager retire des mains d'un tiers acquereur un ancien propre de sa famille vendu par son parent » (Fur.). Opposition : « En terme du Palais, se dit des procedures qu'on fait pour empescher qu'on ne fasse quelque vente ou autre action » (Fur.).

896. Intrusion : « Action par laquelle on s'introduit contre le droit ou la forme dans quelque charge, dans quelque bénéfice » (Ac.).

Qui se fit baptiser et fut appellé George.
Foin ! ces noms Indiens me font mal à la gorge.
915 J'ay de fort beaux rubis, dont je fais fort grand cas.

Carmagnolle

Et deux cens diamans.

Filipin, *ou* D. Pedro

Je ne m'en souviens pas.

Carmagnolle

Ny moy de ces rubis.

Filipin, *ou* D. Pedro

Ce chien de Carmagnolle
Se fasche bien souvent pour la moindre parole ;
Mais je vay recevoir quatorze mille escus.

---

912. Solórzano :

Fué de Guachambo, un sobrino
De Atabaliba, esta piedra ;
Y del cacique Acholimbo
La hubo el señor Don Pedro.

Noter le contraste plaisant du nom courant « George » avec ces noms « incas »

917. Même jeu dans Solórzano :

Marino. — Traigo en un tabicho
Cien topacios. No es verdad?
Hermenegildo. — Si señor, con un jacinto.
Marino. — Del jacinto no me acuerdo ;
De memoria le he perdido.
Hermenegildo . — Ni yo de los cien topacios.

919. Dans *Dom Japhet* (V, 7), la dot de Ahihua comportera aussi pièces d'or, guenons, diamants, rubis, etc. Dans la même scène, Scarron s'amusera également à forger des noms exotiques aux sonorités fracassantes (v. 1507-12).

920 Adieu, beaux yeux brillans, dont les miens sont vaincus,
Ne vous ennuyez point. Belle en charmes fertile,
Que nous aurons d'enfans, si vous n'estes sterile !
En cas, cela s'entend, que je sois vostre espous.

Helene

Cela pourra bien estre.

Filipin, *ou* D. Pedro

Il ne tiendra qu'à vous.

Paquette

925 Quoy ! vous voulez, Madame, apres un Dom Diegue,
Choisir un Campagnard, et de plus un Gallegue ?

Helene

Quand il est question d'establir mon repos,
M'iray-je embarrasser d'un gueux mal à propos ?

Paquette

Un mary jeune et beau vaut bien la bonne chere,
930 Le plaisir vaut l'argent : j'ay oüy dire à ma mere,
Lors qu'à mes grandes sœurs elle faisoit leçon,
Qu'il faut choisir toûjours jeune chair, vieux poisson.

---

925. Dom Pedro sort, mais il n'y a pas de changement de scène indiqué. Il en était de même au vers 826, lorsque D. Diègue s'en allait.

932. Jeune chair. « On dit « jeune chair, vieux poisson » pour dire qu'il faut manger les animaux quand ils sont jeunes, et les poissons quand ils sont vieux » (Fur.).

Dieu veüille avoir son ame ! elle en sçavoit bien d'autres.
Je me souviens qu'un jour, disant ses patenostres,
935 Elle vint à parler du plaisir de la chair,
Où repentir, dit-on, suit toûjours le pecher...

Helene

Eh bien ! que diras-tu ? ne te veux-tu pas taire ?

Paquette

Alors que j'ay raison, j'ay bien peine à le faire.
Madame, encore un mot, puis apres je me tais.

Helene

940 Dis-en trois, si tu veux, et puis me laisse en paix.

Paquette

J'accepte le party. Sçavez-vous bien, Madame,
Que ce nouveau galand sentoit l'ail, sur mon ame ?

Helene

Opulent comme il est, moy n'ayant point de bien,
Il est bien mieux mon fait que quelque bon à rien.
945 Je l'auray dans six mois de bien fou fait bien sage,
Et changeray bien tost sa mine et son langage.

Paquette

Et moy devant six mois je luy ferois porter...

---

942. Jodelet était lui aussi un amateur d'ail, et il en faisait l'éloge burlesque (*Jodelet*, IV, 2).

946. Cf. Solórzano : Yo he de hacer de un loco un cuerdo
En breve.

Helene

Si je prend un baston, je t'iray bien frotter.

Fin du troisiesme Acte.

ACTE IV

Scene premiere

Dom Diegue, Leonor

Dom Diegue

La chose s'est passée ainsi que je le dy.

Leonor

950 Vrayment elle est plaisante, et le tour bien hardy.
Je voudrois qu'autrement elle se fust passée,
Et je sçay ce que peut une femme offensée.

Dom Diegue

Offensée ou contente, et moy je sçay fort bien
Que, n'estant plus qu'à vous, elle ne tient plus rien.

Leonor

955 Je n'ay pas jusqu'icy grand sujet de le croire.

949. Ed. orig. : di. Ed. 1659 : dy.

Dom Diegue

Et moy, j'en ay beaucoup de perdre la memoire
D'une avare beauté qui se moque de moy,
Et de vous consacrer mon amour et ma foy.

Leonor

Le temps découvrira la verité des choses.

Dom Diegue

960 Je vous ayme, et la hais pour de trop justes causes
Pour avoir à chercher l'assistance du temps.
Si je suis remarquable entre les plus constans
Pour les soins assidus d'un immuable zele,
Que feray-je pour vous, ayant tant fait pour elle ?
965 Que ne feray-je point, de vous favorisé,
Si j'ay tant fait pour elle, en estant abusé ?
Mes services rendus, dont maintenant j'ay honte,
Selon toute équité doivent entrer en conte.
Chez l'ingrate j'ay fait mon approbation ;
970 J'auray de vous le prix de mon affection :
Ne differez donc point.

Beatris *entre*

Vostre Madame Helene
Demande à voir Madame.

---

965. Solórzano :

En vos amaré a la dama
De quien fuí favorecido.

968. Le raisonnement est un peu spécieux.

Dom Diegue

Et sa fièvre quartaine !

Et que vient-elle faire ?

Leonor

Elle vient vous chercher.

Dom Diegue

Je ne le pense pas.

Leonor

Allez tost vous cacher

975 Dedans mon cabinet.

Dom Diegue

Que je la donne au diantre,

Et du fond de mon cœur !

Leonor

Cachez-vous donc, elle entre.

---

972. Sa fièvre quartaine. « On dit proverbialement Vos fièvres quartaines, quand on veut faire une imprécation contre quelqu'un » (Fur.).

975. Diantre : « Terme populaire dont se servent ceux qui font scrupule de nommer le Diable » (Fur.).

SCENE DEUXIESME

Helene, Leonor, Paquette

Helene

Vous voyez comme quoy je cultive avec soin
L'honneur de vous connoistre.

Leonor

Il n'estoit pas besoin
Pour si peu de sujet de prendre tant de peine.
980 Mais les civilitez de la charmante Helene
Sont toutes dans l'excez, et c'est me reprocher
Que, m'ayant obligée, il falloit rechercher
Dés aujourd'huy l'honneur de la voir la premiere.
Accordez un pardon à mon humble priere :
985 Vous verrez par les soins que je veux prendre exprés,
Qu'il est bon de faillir, pour faire mieux aprés.
Vostre bonté pourtant en m'obligeant m'afflige.

Helene

Quand on vous fait plaisir, soy-mesme l'on s'oblige.
Pour le peu que j'ay fait, tant de remerciment
990 Me fait voir ma foiblesse assez adroitement ;
Mais si je l'avois pû, j'aurois fait davantage.

---

978. Ed. orig. : reconnoistre. Nous corrigeons d'après 1659.

Leonor

L'interpretation sensiblement m'outrage.
Je ne conteste pas avec vous de l'esprit :
La conversation de l'autre jour m'apprit
995 Combien vous en avez, et que, joint à vos charmes,
Personne contre vous n'a d'assez fortes armes.

Beatris

Madame.

Leonor (*elle parle à l'oreille*)

Approchez-vous. Est-il déjà là-bas ?

Beatris

Ouy, Madame.

Leonor

A l'instant je revien sur mes pas.
Vous me pardonnez bien une faute si grande :
1000 C'est un Oncle Tuteur qui là bas me demande.

Helene

Nous ne sommes icy que pour vous obeïr.

Leonor

Pour cet acte incivil vous me devriez haïr,
Mais vous excuserez, comme vous estes bonne,
Une necessité.

---

995. Joint. Les éd. 1650 et 1659 ont « jointe ». Nous corrigeons d'après le sens.
1000. Chez Solórzano, l'oncle paraissait, avant de se retirer avec sa nièce.
1004. Leonor sort. Pas de changement de scène.

Helene

L'excellente personne

1005 Que cette Leonor !

Paquette

Chacun en dit du bien.

Helene

Sa chambre est magnifique.

Paquette

Elle n'espargne rien

Pour estre bien meublée.

Helene

Approche-toy, Paquette.

L'agreable tapis pour estre de moquette !

Ce cabinet est riche et plein de bons tableaux.

Paquette

1010 Je ne sçay s'ils sont bons, mais je les trouve beaux.

Helene

N'y vois-je pas quelqu'un ? quel homme pourroit-ce [estre ?

1009. Dans Solórzano, les visiteuses admirent aussi l'appartement — Hermosa sala ! — et l'écuyer Urbina décrit deux tableaux, à sujets mythologiques (la mort d'Adonis, l'enlèvement d'Europe).

1011. Solórzano :

Quién es aquel hombre
Que allí procura esconderse ?

Paquette

C'est un que vous devez, me semble, bien connoistre.

Helene

Mendoce ?

Paquette

C'est luy-mesme.

Helene

Ah ! le traistre, c'est luy !

Qui l'auroit jamais dit ?

Paquette

En sortant aujourd'huy

1015 Il paroissoit fasché : vous en sçavez la cause.

Leonor

Je reviens ; mon tuteur ne vouloit pas grand chose.
Vous avez mal passé le temps.

Helene

Vous vous trompez :

Les sens ne sont icy que trop bien occupez.

1013. Dans *la Dame Suivante*, de d'Ouville (1645), la maîtresse de Climante, Leonor, admire aussi l'appartement de son amant —
Sans mentir, cette chambre est curieuse et belle...
Où sont vos beaux tableaux ? — et y découvre... sa rivale ! (I, 10). Dans *l'Absent chez soy*, du même auteur (1643), Elize trouvait son amant caché, comme ici, chez une autre femme et partait furieuse (IV, 4).

Ce cabinet est plein de peintures fort belles,
1020 Qui divertissent bien.

Leonor

J'en ay de telles quelles.

Helene

Sont-elles d'Italie ? et sont-ce originaux ?
Vous avez un portrait pourtant que je tiens faux,
Qui fut long-temps à moy, mais je m'en suis deffaite.
Comment avez-vous fait cette mauvaise emplette ?

Leonor

1025 Vous y connoissez-vous ?

Helene

Je m'y connois fort bien.

Leonor

Ne vous y trompez plus, vous n'y connoissez rien ;
Le portrait est de prix et vaut bien qu'on le garde.
Une ame genereuse à la bonté regarde.

1020. Telles quelles. Tel quel : « aussi mauvais et même plus mauvais que bon, de peu de valeur » (Littré).
1023. Solórzano :

Hay una (pintura) en tu camarín.
Es el retrato de un hombre
Que un tiempo adornó mi sala ;
Parecióme bien entonces,
Pero deshíceme dél.

Même jeu sur le mot dans *la Dame Suivante*, III, 3 :
Y (dans ce cabinet) tenez-vous encor quelque vive peinture ?

Ne fut-il que passable, estant sans interest,
1030 Je l'aimeray toûjours à cause qu'il me plaist.
Aimer pour le profit, c'est estre mercenaire.

Helene

Courir sur le marché d'un autre, est-ce bien faire ?

Leonor

Courir apres l'argent, ce n'est pas faire mieux.

Helene

C'est avoir le goust bon.

Leonor

Et de fort mauvais yeux,
1035 De mespriser la forme et choisir la matiere.

Helene

Vostre portrait en l'un et l'autre ne vaut guere.

Leonor

Peut-estre en avez-vous tasté, car autrement
Vous ne parleriez pas de luy si hardiment.

Helene

1040 Je ne taste jamais d'une chose mauvaise.

Leonor

Vous estes delicate, et moy, je suis bien aise,
Aux despens de mon goust, de croire en tout honneur
Qui dans la vertu seule establit le bonheur.

Helene

Vous estes bien parfaite.

Leonor

Et point du tout avare.

Helene

C'est trop voir pour un coup une Dame si rare.
1045 Paquette, suivez-moy.

Leonor

Je vous visiteray.

Helene

Vous pouvez mieux passer le temps.

Leonor

Je vous croiray.
Madame, encore un mot.

Helene

Parlez viste, j'ay haste.

Leonor

Un portrait de Province en peu de temps se gaste :
La pluspart en sont faux sans les bien esplucher ;
1050 N'en acquerez jamais.

1049. Esplucher : « Se dit figurément en choses morales pour dire : examiner, rechercher curieusement quelque chose » (Fur.). Ed. 1659 : faux : sans les bien éplucher, / N'en acquerez jamais.

Helene

Et vous, sans le cacher,
Ne retenez jamais ce qu'il faut que l'on cache.

Leonor

Vostre face est en feu : quelque chose vous fasche.

Helene

Je rougis, mais de vous.

Leonor

De moy ? je le veux bien,
Et moy, je ris de vous pour ne vous devoir rien.

Beatris

1055 Ah ! Madame, elle enrage.

Leonor

Et moy, je suis ravie ;
Je ne passay jamais mieux le temps de ma vie.
Mais Dom Diegue a tort, il se devoit cacher.

Beatris

L'avanture est pour rire, et non pour se fascher.

Leonor

Dom Diegue !

1051. Ed. 1659 : que l'on sçache.

Dom Diegue

Madame ?

Beatris

Elle s'en est allée.

1060 Madame l'a, me semble, assez mal consolée
De vous avoir perdu.

Dom Diegue

Comment ?

Beatris

On vous a veu.

Dom Diegue

Ah ! Madame, pardon. Surpris au dépourveu,
Si jamais je le fus, sans songer à la porte,
J'ay gaigné vostre Alcove.

Leonor

Il n'importe, il n'importe ;
1065 Je m'en vay vous conter tout ce qu'elle m'a dit.
Mais je n'ay rien voulu prendre d'elle à credit,
Je l'ay bien tost payée en la mesme monnoye.

1066. A credit : c'est-à-dire sans la payer de retour.

Oh ! le facheux objet que le malheur m'envoye !
Adieu, je me retire.
Elle s'enfuit dans son cabinet.

Scene troisiesme

Dom Juan, Dom Diegue, Leonor, Roquespine.

Dom Juan

Eh ! de grace, arrestez.
1070 J'ay donc toûjours pour moy des incivilitez,
Et je verray toûjours favoriser les autres ?
Mais il m'importe peu, je ne suis plus des vostres ;
Vous ne me verrez plus embrasser vos genoux.

Dom Diegue

J'estois icy venu pour luy parler de vous,
1075 Mais j'ay perdu ma peine : elle est toûjours la mesme
Et pour vous sa rigueur, je l'avouë, est extréme.

Dom Juan

Il m'est indifferent qu'elle soit douce ou non ;
J'en veux tout oublier et, si je puis, le nom,
Et c'est là le sujet qui chez elle m'ameine.
1080 J'ay dessein de servir cette Madame Helene

1074. Il s'y était engagé (I, 4, 293) ; mais la situation est bien différente maintenant et son excuse n'est pas sans quelque hypocrisie plaisante.
1079. Pourquoi venir alors chez Leonor, qu'il veut oublier ?

Que vous connoissez tant, et qui la retira
Chez elle, quand l'ingratte enfin me declara
Qu'elle ne m'aimoit point. Depuis cette journée,
J'ay resolu d'aimer quelque Dame bien née,
1085 Et qui reconnoistra la constance et la foy
D'un homme de merite, enfin fait comme moy.

Dom Diegue

Je trouve en ce dessein quelque obstacle, me semble :
Un Dom Pedre la sert, ils sont fort bien ensemble.
Dom Pedre est mon cousin, des champs tout frais venu.

Dom Juan

1090 Ce que vous voulez dire à moy-mesme est connu ;
Mais ce Dom Pedre là n'est qu'une grosse beste.

Dom Diegue

Il est vray, mais je sçay qu'elle l'a dans la teste
A cause qu'il est riche : elle aime plus le bien
Que vertu ny noblesse.

Dom Juan

Et moy, je n'en croy rien.
1095 Ce Dom Pedre tantost luy donne serenade ;
L'homme que vous voyez luy dresse une embuscade,
Où je feray sçavoir à ce gros paysan
Combien pesent les coups que donne un courtisan.
Nous verrons à ce soir lequel a belle amie.

Dom Diegue

1100 Vous irez éveiller une Dame endormie,
Faire aboyer les chiens, émouvoir le Bourgeois,

Faire pleuvoir sur vous des pierres et du bois.
Laissez là ce Dom Pedre, et, par mon entremise,
Helene vous sera demain peut-estre acquise,
1105 Si vous me promettez d'agir d'autre façon.
Ce Campagnart, Dom Pedre, est un mauvais garçon,
Et, bien qu'il soit d'esprit et de corps ridicule,
Il passe en son pays pour un brave, un Hercule.

Dom Juan

Bien, s'il est un Hercule, et moy, j'en seray deux.
1110 Demordre d'un dessein quand il est hazardeux,
Je ne le fis jamais. Vous perdez vostre peine ;
Il laissera la vie, ou bien l'amour d'Helene.

Dom Diegue

Dom Juan, croyez-moy, le cas est bien douteux.
Faites plus sagement, attendez le boiteux :
1115 Sur le moindre incident on rompt un mariage.

Dom Juan.

Et durant ce temps là, que fera mon courage ?

Dom Diegue.

Je vous en avertis, mon cousin se bat bien.

1104. Les éd. 1650 et 1659 ont un point à la fin du vers. Nous avons mis une virgule, ce qui convient mieux au sens.
1110. Hazardeux : qui comporte des dangers.
1114. Attendre le boiteux : « On dit proverbialement en matière de nouvelles qu'il faut attendre le boiteux, pour dire qu'il en faut attendre la confirmation, avant que de les croire » (Fur.).

Dom Juan.

Et moy, me bats-je mal ?

Dom Diegue.

Vous n'y gagnerez rien.

Dom Juan.

Y gagner de l'honneur avec une Maistresse,
1120 N'est-ce pas bien gagner ? Adieu, le temps me presse,
Je m'en vay de ce pas m'asseurer de mes gens.

Dom Diegue.

Je t'estrilleray bien tantost, malgré tes dents.

(Leonor *sort de son cabinet*).

Avez-vous entendu ce qu'il m'est venu dire ?

Leonor.

Ouy, j'ay tout entendu.

Dom Diegue.

Je croy que le bon Sire
1125 Avoit pris de son vin. Il me fascheroit fort,
Comme il sera tantost sans doute le plus fort,
S'il battoit mon laquais : j'y donneray bon ordre,
Et j'empescheray bien ce gros mastin de mordre.

1122. Estriller : « Signifie aussi battre bien quelqu'un » (Fur.). Malgré tes dents : malgré toi, en dépit de tes efforts.

Il les fera beau voir : mon valet est poltron,
1130 L'autre ne l'est pas moins, pour estre fanfaron.
Bon, voila Roquespine, il vient à la bonne heure.
Va querir une espée et choisis la meilleure ;
Prend ma jaque de maille et ma rondelle aussi,
Et revien vistement me retrouver icy.

Roquespine

1135 Suis-je de la partie ?

Dom Diegue

Et pourquoy non ? apporte
Ce qu'il faut pour nous battre, et de la bonne sorte.

Roquespine

Vous me verrez icy dans un petit moment.

Leonor

M'aimez-vous, Dom Diegue ?

Dom Diegue

Ouy, tres-asseurément.

Leonor

Ne vous parjurez point, je croy bien le contraire.

1133. Jaque de maille : « Armure faite de plusieurs petits anneaux attachez ensemble en forme de maille, qu'on portoit sous ses habits ». Rondelle : « Espece de bouclier rond, dont estoit autrefois armée l'infanterie » (Fur).

1140 Puis que vous m'aimez bien, comment pouvez-vous faire
De semblables desseins, encore devant moy ?

Dom Diegue

Je fay voir mon amour, faisant ce que je doy :
C'est vous meriter peu que d'estre sans courage.

Leonor

Oh ! l'estrange discours à quoy l'amour m'engage !
1145 Je rougis. Ah ! mon Dieu ! ne me regardez point.
J'aime bien Dom Diegue, et je l'aime à tel poinct
Que pour le conserver je ne veux plus rien dire ;
Je n'en ay que trop dit. Adieu, je me retire.

Dom Diegue

Ah ! Madame, achevez le discours commencé :
1150 Il estoit obligeant, mais vous l'avez laissé.
Puis qu'en si peu de temps vous changez ma fortune,
C'est, apres avoir pleu, signe que j'importune.
Je ne le cele point, d'un tel mal combattu,
Mon cœur desesperé manquera de vertu.
1155 Je redoute bien moins une ame de Tygresse
Que l'inégalité d'une belle Maistresse.
De ce charmant discours, qui vous a destourné ?
Il promettoit beaucoup, mais il n'a rien donné.

1142-43. Dom Diègue parle comme Rodrigue, dans *Le Cid*.
1153. Ed. 1659 : de tel mal.
1156. Inégalité : humeur changeante. Fur. définit ainsi un homme inégal : « fantasque, tantost caressant, tantost rebarbatif ».

Leonor

S'il a promis beaucoup, je tiendray sa promesse ;
1160 Si j'avois moins d'amour, j'aurois moins de foiblesse.
Puis que vostre courage estonne mon amour,
Ne se hazarder point, c'est bien faire sa cour.

Dom Diegue

Si ce grand Fanfaron par mal-heur alloit battre
Mon lacquais, il faudroit l'assommer ou combattre.
1165 Je hazarde bien moins, empeschant son dessein.

Leonor

On ne conserve pas un jugement bien sain,
Quand on a de l'amour ; mais souvent le courage
L'emporte dessus luy, sans estre le plus sage.

Dom Diegue

Je crain trop de mourir, puis que je vous suis cher.
1170 Si je fais jamais rien qui vous puisse fâcher,
Ne me souffrez jamais. Mais voici Roquespine.

Leonor

Ah ! tout cet attirail de guerre m'assassine ;
Ce que vous m'avez dit ne me peut r'asseurer.
Adieu, cruel, adieu, je me vay retirer.

Dom Diegue

1175 Madame, encore un mot.

Leonor

Non, méchant, je vous laisse ;
Je ne sçaurois vous voir sans mourir de tristesse.
Elle s'en va.

SCENE QUATRIESME

Dom Diegue, Roquespine

Dom Diegue. *Ils s'arment en marchant*
Quelle heure est-il ?

Roquespine

Il est bien tard.

Dom Diegue

Depeschons-nous.
Que j'auray de plaisir à voir battre ces fous !

Roquespine

Je sçay fort bien que l'un n'est pas homme à se battre.

Dom Diegue

1180 L'autre ne se fait pas non plus tenir à quatre.

Roquespine

Je voy venir quelqu'un.

1180. Tenir à quatre : il n'y a pas besoin de se mettre à quatre pour le retenir. « On dit qu'un homme se fait tenir à quatre, quand il veut faire absolument quelque chose qu'on tâche d'empêcher » (Fur.).

Dom Diegue

Tout beau, c'est Dom Juan.

(*Don Juan se cache.*)

Où diable ira nicher ce brave chat-huan,
Et comment est-il seul ?

Roquespine

C'est qu'il ne veut rien faire
Au salut de son corps qui puisse estre contraire ;
1185 Il ne veut estre icy que paisible Auditeur.

Dom Diegue

Il paroissoit tantost l'Ange exterminateur.

(*Ils se cachent.*)

Chut ! j'entens la musique, entrons en cette porte.
Filipin s'est armé d'une plaisante sorte.

Scene cinquiesme

Filipin, *ou* Dom Pedro, Dom Diegue, Roquespine, Dom Juan, Musiciens.

Filipin, ou D. Pedro

Posons aupres de nous Rondache et Morion,
1190 Afin de les trouver en toute occasion.

1186. L'Ange exterminateur : « qui defit l'armée de Schennacherib » (Fur.). Voir *Rois*, II, 20.

1189. Rondache : « espèce de grand bouclier rond » (Ac.). Morion : « sorte d'armeure de teste plus legere que le casque... Ce mot n'est guere en usage qu'en parlant des armeures des Anciens » (Ac.).

Nous commençons trop tost, l'heure est, me semble, induë.
J'ay peur que la musique estant trop entenduë,
Il ne tombe sur nous quelque defluxion,
Ou se fasse sur nous quelque profusion.
1195 Je me sens dedans moy quelqu'esprit prophetique
Qui m'effraye et me dit : Malheur sur ta musique !
Les gens de ce quartier ne sont pas endormis,
Et tu pourrois trouver icy des ennemis.
Mais au nom de Dieu soit ! commençons.

Dom Diegue

Roquespine,
1200 Ils s'en vont bien crier : au meurtre, on m'assassine !
Va charger Filipin, quand ils auront finy ;
Je vais à Dom Juan rendre le teint terny
Et peut-estre donner à son dos platassades.

Roquespine

J'en pretens faire autant aux donne-serenades.

Filipin

1205 Commençons.

1193. Defluxion : écoulement d'un liquide. Le Dictionnaire de l'Académie définit le mot comme un « escoulement d'humeurs malignes sur quelque partie du corps. »

1194. Profusion : action de répandre sans retenue. Furetière ne donne que le sens moral du terme. Une mésaventure semblable à celle que redoute Filipin, arrivera précisément à Dom Japhet, « compissé » par une duègne (*Dom Japhet*, IV, 6).

1195-96. Parodie des pressentiments des héros tragiques.

1201. Ed. 1659 : va chercher.

1203. Platassades : coups de plat d'épée.

Dom Diegue

Taisons-nous, ils s'en vont commencer.

SERENADE

Beauté qui m'assassinez,
Et dont l'œil dessus mon cœur s'acharne,
Ta lucarne
Me devroit monstrer ton nez.
1210 Helas ! je suis pour luy,
Jour et nuict dans l'ennuy.
Belle aurore,
Je t'adore,
Je t'honore.
1215 Exhibe-toy,
Ou bien c'est fait de moy.

Pour destourner ce meschef,
Montre-toy, venerable Comete,
En cornette,
1220 Ou bien prend ton couvre-chef.
Si ton temporiser
Me fait agoniser,
Je trepigne,

1207. Ed. 1659 : dessus mon cœur. Ed. orig. : dessur.
1217. Meschef : « Vieux mot qui signifioit autrefois un accident, un malheur, un grand crime » (Fur.).
1219. Cornette : se dit « des coëffes ou linges que les femmes mettent la nuit sur leurs têtes et quand elles sont en deshabillé » (Fur.).

Je rechigne,
1225 Je t'eschigne,
Et dés demain
Tu sentiras ma main.

Foy de parfait Quinola,
Nostre main n'est pas si temeraire
1230 Que de faire
A ton nez cet affront-là.
Non, non, je m'en dédis ;
Je suis ton Amadis.
Ma levrette,
1235 Ma civette,
Ma friquette,
Sois douce ou non,
Je trouveray tout bon.

1225. Je t'eschigne. Eschginer ou eschiner : « rompre l'eschine » (Ac.).

1228. Quinola : le valet de cœur dans le jeu du reversis.

1231. Nous corrigeons, pour la prosodie, en un seul vers, comme dans la copie de 1650, alors que les éd. orig. et 1659 donnent fautivement :

A ton nez
Cet affront-là.

1233. Amadis : le héros du roman qui porte son nom est le type de l'amant constant et respectueux.

1236. Friquet, friquette : « Terme bas et populaire qui se dit d'un jeune garçon, d'une jeune fille qui a l'air éveillé » (Ac.).

1238. Strophe fantaisiste, mètres courts déconcertants, vers impairs peu courants, rimes redoublées, bigarrure d'un vocabulaire où voisinent mots bas, archaïsmes, diminutifs, termes techniques —, nous avons ici une caricature burlesque de l'ode lyrique.

Filipin, *ou* D. Pedro

Estes-vous là, charmante estoille poussiniere,
1240 Plus fraische mille fois que la fleur matiniere ?
Estes-vous en cornette ou bien en escoffion ?
Avez-vous entendu vostre brave Amphion ?

(*Dom Diegue va charger Dom Juan et se retire en son poste.*)

Dom Juan

Je ne puis plus souffrir...

Dom Diegue

Demeure, ou je t'assomme.

(*Roquespine va charger Filipin, et se retire en son poste.*)

Filipin, *ou* D. Pedro

Helas ! j'entens du bruit, et si je vois un homme.

Roquespine

1245 Rend l'espée.

Filipin, *ou* D. Pedro

Et le casque, et la rondelle aussi.
Mes compagnons sont prests d'en user tout ainsi.

1239. Estoille poussiniere : « C'est le nom que le peuple donne à la Constellation des pleyades » (Fur.).

1241. Escoffion : « Terme populaire qui se dit de la coëffure des femmes du peuple, ou des paysannes, des femmes coëffées mal proprement » (Fur.).

1242. Amphion : musicien légendaire, qui bâtit les murs de Thèbes, aux accents magiques de sa lyre.

Mais il s'enfuit, courage ! il me le faut poursuivre
Pour faire le vaillant.

Dom Juan

Le bon Dieu me delivre
D'un dangereux pendart. Mais, helas ! le voila.

Filipin, *ou* D. Pedro

1250 Ah ! c'est de moy qu'il parle. Alors qu'il s'en alla,
Je devois ne bouger, comme un homme bien sage.
Si j'estois confessé...

Dom Juan

J'ay trop creu mon courage.

Dom Diegue

Les voila dos à dos : ils ne se feront rien.

Roquespine

Pour faire un homicide ils sont trop gens de bien.

Filipin, *ou* D. Pedro

1255 Helas ! je suis gasté !

Dom Juan

Malheureuse embuscade !

1255. Gasté : mis à mal.

Filipin, *ou* D. Pedro

Si jamais à putain je donne serenade...

(*L'épée de Dom Juan se choque avec celle de Dom Pedro.*)

Dom Juan

Je demande la vie.

Filipin, *ou* D. Pedro

Et moy certes aussi.

L'amy, fay rien, fay rien.

Dom Diegue

Cavalier, qu'est cecy ?

Vous vous entr'assommez ?

Filipin, *ou* D. Pedro

Helas ! tout au contraire,

1260 Nous nous entre-sauvons.

Dom Diegue

Vous ne pouviez mieux faire.

Filipin, *ou* D. Pedro

Mon cousin, est-ce vous ?

1259. Nous nous entre-sauvons : néologisme savoureux.
1260. Ed. 1659 : vous ne pouvez.

Dom Diegue

Moy-mesme.

Filipin, *ou* D. Pedro

Un assassin
A bien pensé gaster vostre brave Cousin ;
Mais certes la valeur, qui toûjours m'accompagne
A pied comme à cheval, jour et nuict, en campagne
1265 Comme dedans la ruë, a fait doubler le pas
A ce larron d'honneur que je ne connois pas.
Ah ! si je puis voir clair en cette action noire...

Dom Juan

Je vay vous reveler le secret de l'histoire.
Certain Duc est l'autheur de ce noir attentat
1270 Pour certaines raisons et d'amour et d'Estat.
Ce bon Duc, qui n'a pas l'ame des plus guerrieres,
Qui me craint et me hait, et que je n'aime gueres,
Comme je m'amusois apres certain concert,
A pensé pour le coup que j'estois pris sans vert :
1275 Il s'est jetté sur moy, suivy de trois ou quatre.
Mais je n'ay pas laissé toutesfois de les battre
A l'ayde de Monsieur, et sans estre blessé.
Et c'est de la façon que le tout s'est passé.

1266. Larron d'honneur : séducteur.
1273. Je m'amusois : je m'attardais.
1274. Pris sans vert : On dit qu'on homme « a été pris sans vert, pour dire : à l'impourveu, par allusion du jeu qu'on jouë au mois de May, dont la condition est qu'il faut avoir toujours du vert sur soy » (Fur.).

Filipin, *ou* D. Pedro

Et c'est de la façon que l'on ment par la gorge.

Dom Diegue

1280 C'est estre aussi vaillant que le Cid, que Saint-George.

Dom Juan

(*Il prend à part Dom Diegue.*)

Vous estes mon amy, je suis homme d'honneur ;
Je vous avois parlé tantost avec chaleur,
Mais j'ay songé depuis que la plus douce voye
Est toûjours la meilleure, et c'est avecque joye
1285 Que, renonçant pour vous à mon ressentiment,
Suivant vostre conseil, j'agiray doucement.
Mais vous devez aussi tenir vostre promesse,
Et voir, sans y manquer, dés demain, ma maistresse.
Vous sçavez mon merite et vous sçavez mon bien,
1290 Et comme en l'espousant mon bon-heur est le sien ;
Que tout le monde m'aime, ou me craint, ou m'estime,
Et, qu'estant Espagnol, je suis fils legitime
De cette valeur rare et de tant de vertus
Dont toûjours les Heros ont été revestus.
1295 Je vous en dirois plus, mais vous sçavez le reste,
Et que tout mon deffault est d'estre trop modeste.
Adieu, je vay chercher encore à degainer,
Car je n'ay fait, me semble, icy que badiner,
Et, si je n'ay fourny matiere à funeraille,
1300 Tant que dure la nuict, je ne dors rien qui vaille.

Il s'en va.

1300. Ed. 1659 : je ne fais.

Filipin, *ou* D. Pedro

Et moy, si l'on pouvoit ne point funerailler,
Je ne ferois, ma foy, jamais que batailler ;
Mais parce que combat engendre funeraille,
Alors que je combats, je ne fais rien qui vaille.

Dom Diegue

1305 Fera-t-il ce qu'il dit ?

Roquespine

Il ne le fera point :
Le Sire a trop grand soin du moule du pourpoint.

Dom Diegue

Oh ! que j'estois tenté par quelque estafilade
De punir son orgueil et sa fanfaronnade !

Filipin, *ou* D. Pedro

C'est le plus grand poltron qui...

Dom Diegue

L'est-il plus que toi ?

Filipin, *ou* D. Pedro

1310 Plus que moy mille fois.

1301. Funerailler : verbe plaisamment forgé sur funeraille.
1303. Ed. 1659 : le combat. Mais le vers est faux.
1306. Périphrase pittoresque, assez fréquente chez les auteurs comiques et burlesques. Voir F. Bar, *op. cit.*, p. 247-49.

Dom Diegue

Sans jurer, je le croy.
Or ça, parlons un peu de nostre Dame Helene.

Filipin, *ou* D. Pedro

Nous espousons demain.

Dom Diegue

Demain ?

Filipin, *ou* D. Pedro

Chose certaine.
Nous avons dés tantost ordonné des habits,
Des esclaves, carosse...

Dom Diegue

Ah ! ce que tu me dis
1315 Ne peut s'imaginer.

Filipin, *ou* D. Pedro

Vous le pouvez bien croire.

Dom Diegue

Allons ; chemin faisant, tu m'apprendras l'histoire.

Fin du quatriesme Acte.

ACTE V

Scene premiere

Filipin, *ou* Dom Pedro, Paquette

Filipin, *ou* D. Pedro

Où diable est donc Madame ?

Paquette

Elle viendra bien-tost.

Filipin, *ou* D. Pedro

Ma Paquette !

Paquette

Monsieur ?

Filipin, *ou* D. Pedro

Le diray-je tout haut ?

Paquette

Puis que nous sommes seuls, vous le pouvez bien dire.

Filipin, *ou* D. Pedro

1320 Ma Paquette, sçais-tu que j'aime bien à rire ?
Ta maistresse me rend l'esprit tout serieux.
Pour te dire le vray, je t'aimerois bien mieux.

Paquette

Vous vous pensez moquer. Parmy des Damoiselles
Telles que je puis estre, on en void d'aussi belles
1325 Que ces Dames de prix, en qui souvent, dit-on,
Blanc, perles, coques d'œufs, lard et pieds de mouton,
Baume, lait virginal et cent mille autres drogues,
De testes sans cheveux aussi razes que gogues
Font des miroirs d'amour, de qui les faux appas
1330 Estallent des beautez qu'ils ne possedent pas.
On peut les appeller visages de mocquette.
Un tiers de leur personne est dessous la toilette,
L'autre dans les patins, le pire est dans le lict :
Ainsi le bien d'autruy tout seul les embellit.
1335 Ce qu'ils peuvent tirer de leur propre Domaine,
C'est chair molle, gousset aigre, mauvaise haleine ;

1323. Damoiselles : voir note du vers 521.

1326. Ingrédients servant à composer des fards ou des crèmes de beauté.

1327. Lait virginal : « une composition pour blanchir le teint » (Fur.).

1328. Gogues : « vieux terme de cuisine qui se disoit d'un ragoust ou farce d'herbes, de lard, d'œufs, fromage, espices et sang frais de mouton, cuit dans la panse du mouton » (Fur.). Scarron compare ici sans doute ces têtes chauves à ces boules luisantes de nourriture.

1330. Diatribe contre les femmes fardées traditionnelle chez les poètes satiriques depuis Martial et Juvénal, et qu'on retrouve notamment chez Quevedo.

1331. Visages de mocquette : c'est-à-dire de tromperie, de leurre, la mocquette étant un oiseau qu'on attache près d'un piège pour attirer les autres oiseaux.

1332. Toilette : « le quarré où sont les fards, pommades, essences, mouches, etc. » (Fur.).

1333. Patin : « soulier de femme qui a des semelles fort hautes et pleines de liege, afin de paroistre de plus belle taille » (Fur.).

1336. Gousset : « signifie l'aisselle et la mauvaise odeur qui en sort » (Fur.).

Et pour leurs beaux cheveux si ravissans à voir,
Ils ont pris leur racine en un autre terroir :
Ils sont le plus souvent des plantes transplantées,
1340 Qu'on applique avec art sur testes edentées.

Filipin, *ou* D. Pedro

Paquette, ma Paquette, où prens-tu tant d'esprit ?
Aimes-tu quelque Autheur ? Lors que ton œil me prit,
Je te soupçonnois bien d'avoir l'esprit à l'erte,
Mais de l'avoir si bon, ah ! c'est trop pour ma perte !
1345 Je veux rompre aujourd'huy bien plutost que demain
Avecque ta Maistresse, et te donner la main.
Mais la voicy venir.

SCENE DEUXIESME

Helene, Filipin, Paquette

Helene

Je vous ay fait attendre :
Vous me le pardonnez, j'avois visite à rendre
A certaine Duchesse à qui je dois beaucoup.

Filipin, *ou* D. Pedro

1350 Ma belle Tramontane, eh bien ! est-ce à ce coup
Que l'hymen ayant joint Dom Pedre et Dame Helene,

1340. Ce morceau satirique ne figure pas dans la *comedia* de Solórzano, où Marino-Don Payo parle « culto » à la servante Inés.
1343. Ed. 1659 : allerte.
1350. Tramontane : « l'estoile du Nord qui sert à conduire les vaisseaux sur la Mer » (Fur.).

De leur congrez fecond viendra la digne graine,
Laquelle pullulant en ce puissant Estat,
Sousmettra tout le monde à nostre Potentat ?

Helene

1355 Puis que vostre vertu m'a tout à fait acquise,
Ma volonté doit estre à la vostre soûmise.

Filipin, *ou* D. Pedro

Je n'ay presentement que dix mille Ducats.
Un faquin de Facteur, dont j'ay fait quelque cas,
Et que pour sa paresse il faut casser au gage,
1360 Me fait de jour en jour attendre, dont j'enrage,
M'escrit qu'à la monnoye on agit lentement,
A cause que l'on sert le Roy premierement,
Et que son Commissaire enleve de Seville
Autant de Patagons qu'on fait en ceste ville.

1352. Congrez : union. Le terme désignait précisément l' « action du coït qui se faisoit il n'y a pas longtemps par ordonnance d'un Juge ecclésiastique en presence de Chirurgiens et de Matrones, pour éprouver si un homme estoit impuissant, aux fins de dissoudre un mariage » (Fur.).

1354. A nostre Potentat : à notre puissance.

1359. Casser au gage : « On dit qu'un homme est cassé aux gages, pour dire qu'on a rompu avec luy, qu'il n'est plus en faveur » (Fur.).

1361. Cf. Solórzano :

Mi agente me ha remitido
Cosa de diez mil ducados
En plata doble, y me tiene
Lleno de tedio y espanto
Ver la poca cantidad
De dinero que ha labrado
La casa de la moneda.

1363. Séville était le port où arrivait l'or du Nouveau Monde.

Helene

1365 Cette guerre de Flandre enleve tout l'argent.

Filipin, *ou* D. Pedro

Il me promet pourtant d'estre plus diligent
Et d'envoyer bien tost une notable somme.
Vous pouvez cependant ravir d'aise un pauvre homme,
Qui ne vit depuis peu que d'expectation,
1370 Comme les sots de Juifs font apres leur Sion.
Helas ! dans peu de jours je vay mourir par braise,
Au lieu qu'un prompt Himen me fera mourir d'aise.
Quatre ou cinq mille escus en velours et tabis
Suffiront, ce me semble, à faire des habits ;
1375 Le carosse, le train, et tout nostre equipage
Se feront à loisir apres le mariage,
Lors que j'auray receu la somme que j'attend
Et quelques diamans. Au reste, je pretend
Que les couleurs seront selon ma fantaisie
1380 Et que l'estoffe aussi sera de moy choisie.

Helene

Avecque vous, Monsieur, je renonce à mon choix.

1365. L'interminable guerre de Flandres, commencée sous Philippe II, ruineuse en hommes et en argent, était terminée en 1649. L'Europe avait reconnu l'indépendance des Provinces Unies au traité de Westphalie.

1370. Sion : une des collines de Jérusalem, et, par extension, Jérusalem et la patrie où les Juifs aspirent à revenir.

1373. Tabis : « gros taffetas qui a passé sous la calendre, ce qui le fait paraître moiré » (Fur.).

Filipin, *ou* D. Pedro

Vous aurez douze habits, c'est à dire un par mois.
Que l'orengé pastel est couleur agreable !

Helene

On ne s'habille plus d'une couleur semblable.

Filipin, *ou* D. Pedro

1385 Et zinzolin, Madame ?

Helene

Il n'est plus de saison.

Filipin, *ou* D. Pedro

J'aime cette couleur qu'on dit merde-d'oyson :
Elle réjoüit l'œil.

Helene

Ce n'est donc qu'en Galice.

1382. Cf. Solórzano :

> Elena. — Sacaré doce vestidos
> A doce meses del año
> Ofrecidos.

1385. Zinzolin : « espece de couleur qui tire sur le rouge » (Fur.).
1386. Merde-d'oyzon : « une espece de couleur entre le verd et le jaune, telle que celle des excrements de ces oiseaux » (Fur.). D. Pedro fait voir son mauvais goût en choisissant pour sa future épouse des habits de couleurs trop criardes ou trop austères. Dans *les Aventures du baron de Foeneste* (1617-30), de d'Aubigné, parmi la liste fantaisiste des couleurs des bas de chausses qu'on porte à la Cour, selon le baron, figurent l'orangé, le zinzolin, la merde d'oie (éd. H. Weber, Bibl. de la Pléïade, I, 2, p. 679-80).

Filipin, *ou* D. Pedro

Une robe de peau couleur de pain d'espice,
Qu'un drap marbré bien chaud doubleroit pour l'hyver,
1390 Avec trois passe-poils, jaune, minime et vert,
Qui feroient ce qu'on dit Pistache ou bien Pistagne,
Seroit le vestement le plus riche d'Espagne.

Helene

Envoyez-moy l'argent : tout sera bien choisi.

Filipin, *ou* D. Pedro

On me fait un pourpoint de velours cramoisi,
1395 Dont les chausses seront de satin tristamie.

Paquette

Dom Diegue est là-bas.

Filipin, *ou* D. Pedro

La fortune ennemie
Assez mal à propos m'envoye un importun.

Helene

Ne le verrez-vous point ?

1390. Passepoil : « petite bande de satin, ou taffetas de couleur qu'on met sur les coustures d'un habit, et qu'on laisse un peu avancer en dehors pour le relever » (Fur.). Minime : « nom d'une couleur très sombre, telle que celle que portent ces Religieux... Les femmes d'âge portent des habits minimes » (Fur.).

1395. Tristamie : « Il y a aussi une couleur sombre qu'on appelle de triste amie » (Fur.).

Filipin, *ou* D. Pedro

Ce me seroit tout un,
S'il ne m'avoit point fait une supercherie
1400 Sous mon nom. Il m'excroque une Commanderie
Et retient mes papiers. Apres cet acte noir,
Vous me pardonnerez si je ne le puis voir.
Il nous faudra sans doute enfin tirer la lame.

Helene

Entrez dans mon Alcove.

Filipin, *ou* D. Pedro

Et de bon cœur, mon ame !
1405 Quand il sera sorty, faites-le moy sçavoir ;
Coupez court avec luy.

Helene

J'y feray mon pouvoir.

Scene troisiesme

Dom Diegue, Helene

Dom Diegue

Madame, ce n'est pas l'amour qui me r'amene :
Je perdrois prés de vous et mon temps et ma peine.
Je viens vous proposer un homme pour espoux,
1410 Que vous confesserez estre digne de vous :
Dom Juan Bracamont.

Helene

Brisons-là, je vous prie.

Dom Diegue

Depuis quand faites-vous si fort la rencherie ?
Il est riche, Madame.

Helene

Estant de vostre main,
Il me seroit suspect.

Dom Diegue

C'est mon Cousin germain
1415 Qui règne en vostre coeur, comme un clou chasse l'autre.

Helene

C'est ce que vous voudrez.

Dom Diegue

Il y va trop du vostre
De prendre un Campagnart, tout opulent qu'il est.

Helene

Tant moins vous l'estimez, d'autant plus il me plaist.

Dom Diegue

Vous l'aimez donc, Madame ?

Helene

Et de plus, je l'espouse.

Dom Diegue

1420 Que le Ciel, me faisant d'une humeur peu jalouse,
M'a fait un riche don, quoy qu'il m'ait fait sans bien !

Helene

Aupres de Leonor il ne vous manque rien.

Dom Diegue

Il est vray, mais pourtant je crains qu'elle n'aprenne
Que je suis venu voir la nompareille Helene.

Helene

1425 Le peril n'est pas grand pour vous.

Dom Diegue

Il le seroit,
Si j'estois assez riche.

Helene

On vous enleveroit,
Si Dieu vous avoit fait ce que vous pensez estre.

Dom Diegue

Il m'a fait trop de grace, en me faisant connoistre
Que pour vous estre cher, il faut n'estre pas gueux.

1424. Nompareille : sans égale.

Helene

1430 Vous diriez bien plus vray, si vous disiez fâcheux.

Dom Diegue

Je me voy sur le point de l'estre davantage.

Helene

Et comment ferez-vous ?

Dom Diegue

Rompant un mariage.

Helene

Le mien ?

Dom Diegue

Le vostre mesme.

Helene

Et quelle authorité

Pretendez-vous sur moy ?

Dom Diegue

C'est par sincerité

1435 Que je veux empescher l'inégal Hymenée
Qui joindroit à ce fat une Dame bien née.

1436. Fat : « sot, sans esprit » (Fur.).

Dom Buffalos n'est pas tout ce que vous pensez :
Vous le croyez bien riche, il ne l'est pas assez.

Helene

Que vous avez en vain la teste embarassée !

Dom Diegue

1440 Pour vous perdre d'honneur vous estes bien pressée.

Helene

Je pourrois aisément me passer de vos soins.

Dom Diegue

Je n'en aurois pas tant, si je vous aimois moins.

Helene

Et moy, pour vous monstrer combien je vous redoute,
Dans une heure au plus tard, je l'espouse.

Dom Diegue

Sans doute ?

Helene

1445 Il n'est rien de plus seur, et je fais plus encor :
Nous aurons pour tesmoins et vous et Leonor.
Il m'est indifferent de quel sens on explique
Une bonne action, que je rendray publique.

1446. Cette invitation surprenante d'Hélène justifiera la présence des deux personnages au dénouement.

Dom Diegue

Elle le sera trop ; mais, pour la destourner,
1450 Je sçauray malgré vous le remede donner.

Helene

Joignez à Leonor toute la terre ensemble,
J'auray vostre Cousin.

Dom Diegue

Dites, si bon me semble.
Je vay chez Leonor pour l'amener icy.

Helene

Vous enragerez bien tantost.

Dom Diegue

Et vous aussi.

Filipin, *ou* D. Pedro

(*Il sort de l'Alcove.*)

1455 Ah ! le mauvais parent ! Madame, je vous jure,
Si je n'avois eu peur de vous faire une injure,
Que j'aurois fait sur luy notable irruption ;
Mais j'en retrouveray bientost l'occasion.
Au prix de moy, Madame, un lyon n'est qu'un aze ;

1459. Aze : mot gascon, au lieu du français âne. On en trouve d'autres exemples chez Scarron ou Saint-Amant. Voir F. Bar, *op. cit.*, p. 208.

1460 Quand je suis en colere, une antiperistase
Me trouble le dedans ; la consanguinité
Fait la guerre en mon ame à sa méchanceté ;
Si je mangeois son cœur, je mordrois en la grape.
Madame, tenez-moy de peur que je n'eschape :
1465 Ne me retenir point, c'est me faire enrager.
Que sçait-on ? je feray bien mieux de ne bouger.
Si j'allois le trouver et qu'il fist resistance,
Le malheureux mourroit sans nulle repentance,
Vu que mes premiers coups ne sont pas jeux d'enfans,
1470 Mais de ces orbes coups à tüer Elephans.
J'ay pourtant grand sujet de me mettre en colere ;
C'est une passion qui grandement m'altere :
Qu'on me presse en un verre un, deux ou trois limons ;
J'aime la limonade, elle est bonne aux poulmons.
1475 Ma chere ame !

Helene

Monsieur ?

Filipin, *ou* D. Pedro

Nous allons faire nopce.

Paquette

Dom Juan Bracamont, Dom Diegue Mendoce
Amenent avec eux Madame Leonor.

1460. Antiperistase : « Action de deux qualités contraires, dont l'une excite la vigueur de l'autre ». (Fur.).

1470. Orbes : « Terme de chirurgie, qui se dit des coups qui font des contusions, et qui ne viennent pas d'instruments tranchants qui entament la peau » (Fur.).

Filipin, *ou* D. Pedro

N'ont-ils point amené quelques autres encor ?

Paquette

Je ne le pense pas.

Filipin, *ou* D. Pedro

Bien ! que mon Cousin monte :
1480 Copulativement je m'en vais, à sa honte,
Me joindre aux yeux de tous au tresor de beauté
Qu'il ne meritoit point et que j'ay merité.
Paquette, approchez-vous. Est-il prest, le Notaire ?

Paquette

Ouy, Monsieur.

Filipin, *ou* D. Pedro

Achevons vistement cette affaire :
1485 Je suis grand amateur de la conclusion
Et naturellement j'appete l'union.

SCENE QUATRIESME

Leonor, Helene, Dom Diegue, Dom Juan, Filipin

Leonor

Je vien me conjoüir avec la belle Helene.

1486. Appeter : « Terme dogmatique. Desirer. Il ne se dit gueres que des desirs qui viennent des causes naturelles » (Fur.).

1487. Se conjoüir : « Se rejoüir avec quelqu'un d'une bonne fortune qui luy est arrivée, d'une bonne affaire qu'il a faite » (Fur.). « On va se conjoüir avec ses amis, quand ils se marient » (*Ibid.*).

Helene

Ignorant le sujet qui chez moy vous amene,
Si c'est pour m'obliger ou pour vous divertir,
1490 Je ne sçay pas comment je vous dois repartir.
De quelle façon donc voulez-vous que j'en use ?

Filipin, *ou* D. Pedro

Qui rit à mes dépens, je soustien qu'il s'abuse
Quatre cens mille fois, quelque chose de plus.

Leonor

Les éclaircissemens sont icy superflus.
1495 Nous ne venons icy qu'à dessein de vous plaire
Et de vous obliger.

Filipin, *ou* D. Pedro

Vous ne pouvez mieux faire.

Helene

Je n'attendois pas moins de vous, mais pour Monsieur ?

Leonor

Vous le connoissez mieux que moy : c'est un rieur
Qui dit d'une façon et qui pense de l'autre.

1498. Rieur : railleur.

Dom Diegue

1500 Madame, vous sçavez que je fus toûjours vostre.
Attribuez de grace au sensible regret
De vous avoir perduë un discours indiscret,
Dont je viens à vos yeux me chastier moy-mesme,
En laissant voir aux miens ravir celle que j'aime :
1505 Car ce n'est rien qu'un rapt que l'Hymen inégal
De vous et d'un laquais, qui panse mon cheval.

Filipin, *ou* D. Pedro

Ah ! ne blasphemons point.

Helene

Vous estes fou, Mendoce.

Dom Diegue

Vous estes folle, Helene, avecque vostre nopce.

Helene

Dom Pedre, endurez-vous ?

Filipin, *ou* D. Pedro

Je suis un autre fou.
1510 Qui le nie, a menty par sa gorge ou son cou.

Helene

Vous n'estes qu'un laquais ?

Filipin

Fort à vostre service.

Helene

Quoy ! me joüer ainsi ?

Dom Diegue

C'est vous faire justice.

Helene

Ah ! qui me vengera, peut esperer de moy
Ce que je puis donner.

Filipin

Ce ne sera pas moy.

Helene, *à Dom Diegue*

1515 Indigne de ton ordre et du nom que tu portes,
Qui me viens outrager en tant et tant de sortes,
Tu pretens te joüer avec impunité
D'une femme d'honneur et de ma qualité ?

Dom Diegue

Abboyez vostre sou, vous ne me pouvez mordre.
1520 Vous vous estes causé vous-mesme ce desordre ;

1517. L'éd. 1650 donne : tu pretens de joüyr. Nous préférons la leçon de la copie et de 1659 : te joüer.

Vous m'avez abusé par un déguisement.
Celuy de mon laquais, entrepris justement,
Au lieu de vous fascher, doit plûtost vous instruire
Qu'il ne faut pas choisir tout ce qu'on void reluire.
1525 Sçachez-moy donc bon gré d'un tour qui vous apprend
Qu'à tout esprit qui fourbe, à la fin on le rend.
Vous m'avez amusé de vos belles paroles,
Vous ne consideriez en moy que les pistoles ;
La pauvreté pour moy vous donna du mépris.
1530 Parce que tous les chats durant la nuit sont gris,
A nostre Filipin vous vous estes soûmise ;
Vous m'avez pris pour dupe, un laquais vous a prise ;
Le tour estoit bien lâche, et je vous l'ay rendu.
Mais gagner un laquais, ce n'est pas tout perdu.

Helene

1535 Ah ! je me vangeray d'une piece si rude.

Dom Diegue

La vangeance n'est pas l'action d'une prude.

Helene

Ah ! Seigneur Dom Juan, de grace, vangez-moy :
C'est le prix où je mets mon amour et ma foy.

1530. L'éd. 1650 met une virgule après mépris, et y rattache le vers suivant. Nous suivons les éd. 1659 et suiv., dont la ponctuation est plus satisfaisante.

1535. Piece : « On dit Joüer piece à quelqu'un, luy faire piece, pour dire Luy faire quelque supercherie, quelque affront, luy causer quelque dommage ou raillerie » (Fur.).

1538. Cf. Solórzano :

Señor don Juan, esta mano
Será vuestra, si procura
Vuestro valor mi venganza.

Dom Juan

Qui, moy, vous espouser ? vous, une interessée
1540 Que Mendoce a servie et puis apres laissée,
Parce qu'elle l'aimoit seulement pour le bien !
Qu'un laquais a feruë et prise en moins de rien !
Puis, pour son pis aller, qui m'a pris, moy, la cresme
De la Cour de Madrid, moy que tout le monde aime !
1545 Madame, je serois le plus sot des humains.
Je ne veux point de vous et vous baise les mains.

Dom Diegue

Qui, moy, vous espouser ? vous, une interessée
Chez qui le profit seul regne dans la pensée !
Qui m'avez preferé mon laquais travesty,
1550 Par ce que vous croyiez prendre un meilleur party !
Ah ! ne vous flattez plus d'une fausse esperance :
Je n'auray plus pour vous que de l'indifference.
Madame, je serois le plus sot des humains ;
Je ne veux point de vous, et vous baise les mains.

Filipin

1555 Qui, moy, vous espouser ? vous, une interessée,
Que mon Maistre a servie et puis apres laissée !
Et qui me donneriez bien tost du pied au cu,
Lors que vous me verriez estre sans quart-d'écu !

1542. Feruë : feru : « blessé. Il ne se dit qu'en cette phrase burlesque : il est bien feru de cette femme » (Fur.).
1546. Dans la pièce espagnole, Don Juan, après un premier refus, accepte d'épouser Elena.

Nous autres Filipins avons trop de courage.
1560 Guerissez vostre esprit, oubliez mon visage.
Madame, je serois le plus sot des humains ;
Je ne veux point de vous, et vous baise les mains.

Helene

(*Elle est dans une chaise, un mouchoir devant les yeux, qui pleure.*)
Je ne manqueray pas de parens en Espagne.

Leonor

Que vous avois-je dit des Tableaux de campagne ?
1565 Ne sçavois-je pas bien qu'ils estoient souvent faux ?
Et ne connois-je pas mieux que vous les tableaux ?

Helene

Ah ! c'est trop endurer ! qu'on me mene en ma chambre.

Filipin

Qui vous appliqueroit de l'or sur chaque membre,
C'est un grand lenitif, et que vous aimez fort.

Dom Diegue

1570 Taisez-vous, Filipin.

Helene

Ma vangeance, ou ma mort
Me mettront en repos, avant que le jour passe.
Elle s'en va.

Dom Diegue

En attendant l'effet de si grande menace,
Madame, d'un seul mot vous pouvez bien casser
Le rigoureux Arrest qu'on vient de prononcer.

Leonor

1575 Si vostre droit est bon, je vous feray justice.
Sur tout n'usez jamais envers moy d'artifice ;
Ne sollicitez point d'autres juges que moy,
Et je me souviendray de ce que je vous doy.

Dom Diegue

Mon sort despend de vous.

Leonor

N'en soyez point en peine.
1580 Mais nous incommodons vostre adorable Helene ;
Allons dans mon logis, et là je vous diray
Ce que je croy de vous et ce que je feray.

Scene cinquiesme

Beatris, Filipin

Beatris

Filipin !

1580. Ed. 1659 : agreable.

Filipin

Beatris ?

Beatris

Mon tout !

Filipin

Mon cœur !

Beatris

Mon ame !

Si tu voulois...

Filipin

Et quoy ?

Beatris

Prendre...

Filipin

Parle.

Beatris

Une femme.

Filipin

1585 La prendre ? à quel dessein ?

Beatris

Pour espouse.

Filipin

Ah ! ma foy,
Le conseil est fort bon. La connois-je ?

Beatris

C'est moy.

Filipin

Vade, vade retro, Satanas, qui me tente !
Mon front ne fut jamais une Table d'attente,
Et ne portera point le mysterieux bois
1590 Que personne ne void et qu'on croit toutesfois.
Je ne veux point avoir un timbre de pecore,
Je ne veux point de toy, redoutable Pandore !
Moy, te prendre ? Ah ! vrayment, c'est moy qui serois pris.
Et pour qui me prens-tu, maudite Beatris ?

1587. *Vade retro...* Application burlesque des paroles de Jésus repoussant le Démon (*Matthieu*, IV, 10 ; *Marc*, VIII, 33).

1588. Table d'attente : Les tables d'attente sont des « pieces de marbre, ou quadres destinés à recevoir des inscriptions... On le dit aussi au figuré » (Fur.). La suite explique ce que le front de Filipin peut attendre du mariage.

1591. Timbre : « se dit figurément en Morale de la cervelle d'un homme, ou de son esprit » (Fur.). Pecore : « beste, stupide, qui a du mal à concevoir quelque chose » (Fur.).

1592. Pandore : selon la mythologie grecque, la première femme, à l'origine de tous les maux pour avoir ouvert la boîte où ils étaient enfermés.

1595 Tu me crois aussi sot que Mendoce, mon Maistre ?
Moy, j'aurois des enfans et leur mere à repaistre ?
Si je suis sans enfans, on dira : c'est un sot ;
Et si j'en fais enfin, ou quelqu'autre un marmot,
J'auray neuf mois durant une femme ventruë,
1600 Je l'entendray hurler comme un pourceau qu'on tuë.
Quand elle mettra bas cet enfant tout moüillé,
Non sans avoir long-temps en son ventre foüillé,
Une sotte dira : c'est le portrait du pere,
Une autre : il a les yeux et le nez de la mere.
1605 Puis il faudra baiser un fils, qui sentira
Le ventre de la mere, et ce ventre pûra.
Il me faudra souffrir une sotte nourrice,
Un enfant qui toûjours ou crie, ou tette, ou pisse,
Me relever la nuit pour le faire bercer
1610 (Et cela, tous les ans, c'est à recommencer),
Avoir tous les matins à prier quelque peine
De me voir bien tost veuf par une mort soudaine ;
Au lieu qu'ayant l'esprit content et satisfait,
Le front comme d'abord le bon Dieu me l'a fait,
1615 Je vay, je viens, je dors, je ris, je bois, je mange,
Je fais ce que je veux, sans qu'on le trouve estrange.
La chose est arrestée, il n'y faut plus penser.
Si mes yeux t'ont fait mal, va te faire panser.

Il veut s'en aller ; elle le retient.

Beatris

Arreste, Filipin, que je te desabuse.
1620 Moy t'espouser ? crois-tu que je sois assez buse

1598. La leçon de l'éd. 1659 : quelqu'autre marmot, n'a pas de sens. Comprendre : si moi, ou quelqu'autre, fais un enfant.

Pour mettre à mes costez un pareil Damoiseau ?
Voyez le beau mary, voyez le bel oyseau !
Moy, qui suis de galands jour et nuit recherchée,
De Bourgeois, Courtisans, Prelats et gens d'espée ;
1625 Qui, depuis quelques jours, sans quelques ennemis,
Aurois eu pour espoux un opulent Commis ;
Qui viens de refuser le Clerc ou Secretaire
D'un riche President ! Gros vilain, va te faire
Cent fois plus honneste homme, et lors j'aviseray,
1630 Par pitié seulement, si je t'espouseray.
J'ay receu depuis peu deux gros poulets d'un Comte ;
Un Duc me couche en jouë, et j'en fais peu de conte ;
Un jeune Abbé, qui n'est ni Prestre ni demy,
S'offre de m'espouser ou d'estre mon amy ;
1635 Il me fit l'autre jour don d'une porcelaine ;
Et je t'espouserois ! c'est ta fievre quartaine.

Filipin

Arreste, Beatris. Elle s'en va, ma foy,
Je devois bien aussi faire du quant à moy.
M'a-t-elle ainsi quitté par dépit ou par ruse ?
1640 Foin ! j'enrage d'avoir tout ce qu'on me refuse !
Mon Dieu, que l'on est sot, alors que l'on est beau !
Il faut que là-dessus je luy fasse un rondeau.

Fin du cinquiesme et dernier acte.

1632. Me couche en jouë : a des visées sur moi.
1636. Fievre quartaine : voir note du v. 972.
1638. Quant-à-moy : attitude réservée, défensive.

INDEX

(Nous avons relevé ici les mots dont la signification a changé, les noms propres, ainsi que les expressions proverbiales et les termes burlesques : mots "bas", archaïsmes, néologismes, latinismes, termes techniques, etc. Les chiffres renvoient aux vers.)

TABLE DES MATIÈRES

SOCIÉTÉ DES TEXTES FRANÇAIS MODERNES (S. T. F. M.)

Fondée en 1905

[illegible]

Siège social : Institut de Littérature française (Université de Paris-IV)
1, rue Victor Cousin — 75005 PARIS

Président d'honneur : M. Raymond Lebègue, Membre de l'Institut.

Membres d'honneur : MM. René Pintard, Isidore Silver.

BUREAU [illegible]

Président : M. Robert Garapon.

Vice-Président : M. Roger Zuber.

Trésorier : M. Roger Guichemerre.

Secrétaire générale : Mme Yvonne Bellenger.

La Société des Textes Français Modernes (S. T. F. M.), fondée en 1905, a pour but de réimprimer des textes publiés depuis le XVIe siècle et d'imprimer des textes inédits appartenant à cette période.

Pour tous renseignements, et pour les demandes d'adhésion : s'adresser à la Secrétaire générale, Mme Yvonne Bellenger, Résidence Athénée, F 91230 Montgeron. Tous les paiements doivent être effectués à l'ordre de la S. T. F. M. (C. C. P. : Paris 1823 99 B).

Demander le catalogue des titres disponibles.

Les publications de la Société des Textes Français Modernes (S. T. F. M.) sont en vente à la librairie NIZET, 3 bis, place de la Sorbonne, Paris, diffuseur exclusif.

EXTRAIT DU CATALOGUE

(mai 1983)

XVIe siècle.

Poésie :

4. HÉROËT, *Œuvres poétiques* (F. Gohin).
7-31. RONSARD, *Œuvres complètes* (P. Laumonier). 20 tomes, 25 vol.
32-39. DU BELLAY, *Deffence et illustration. Œuvres poétiques françaises* (H. Chamard). 8 vol. parus.
43-46. D'AUBIGNÉ, *Les Tragiques* (Garnier et Plattard). 4 vol.
141. TYARD, *Œuvres poétiques complètes* (J. Lapp).
156-157. *La Polémique protestante contre Ronsard* (J. Pineaux). 2 vol.
158. BERTAUT, *Recueil de quelques vers amoureux* (L. Terreaux).
173-174. DU BARTAS, *La Sepmaine* (Y. Bellenger). 2 vol.
177. LA ROQUE, *Poésies* (G. Mathieu-Castellani).

Prose :

150. NICOLAS DE TROYES, *Le Grand Parangon des Nouvelles nouvelles* (K. Kasprzyk).
163. BOAISTUAU, *Histoires tragiques* (R. Carr).
171. DES PERIERS, *Nouvelles Récréations et joyeux devis* (K. Kasprzyk).
175. *Le Disciple de Pantagruel* (G. Demerson et C. Lauvergnat-Gagnière).

Théâtre :

42. DES MASURES, *Tragédies saintes* (C. Comte).
122. *Les Ramonneurs* (A. Gill).
125. TURNÈBE, *Les Contens* (N. Spector).
149. LA TAILLE, *Saül le furieux, La Famine...* (E. Forsyth).
161. LA TAILLE, *Les Corrivaus* (D. Drysdall).
172. GRÉVIN, *Comédies* (E. Lapeyre).

XVIIe siècle.

Poésies :

54. RACAN, *Les Bergeries* (L. Arnould).
74-76. SCARRON, *Poésies diverses* (M. Cauchie). 3 vol.
78. BOILEAU-DESPRÉAUX, *Epistres* (A. Cahen).
123. RÉGNIER, *Œuvres complètes* (G. Raibaud).
144-147 et 170. SAINT-AMANT, *Œuvres* (J. Bailbé et J. Lagny). 5 vol.
151-152. VOITURE, *Poésies* (H. Lafay). 2 vol.
164-165. MALLEVILLE, *Œuvres poétiques* (R. Ortali). 2 vol.

Prose :

64-65. GUEZ DE BALZAC, *Les premières lettres* (H. Bibas et K. T. Butler). 2 vol.
71-72. Abbé DE PURE, *La Pretieuse* (E. Magne). 2 vol.
80. FONTENELLE, *Histoire des oracles* (L. Maigron).
81-82. BAYLE, *Pensées diverses sur la comète* (A. Prat). 2 vol.
132. FONTENELLE, *Entretiens sur la pluralité des mondes* (A. Calame).
135-140. SAINT-ÉVREMOND, *Lettres et Œuvres en prose* (R. Ternois). 6 vol.
142. FONTENELLE, *Nouveaux Dialogues des morts* (J. Dagen).
153-154. GUEZ DE BALZAC, *Les Entretiens* (1657) (B. Beugnot). 2 vol.
155. PERROT D'ABLANCOURT, *Lettres et préfaces critiques* (R. Zuber).
169. CYRANO DE BERGERAC, *L'Autre Monde ou les Estats et Empires de la Lune* (M. Alcover).

Théâtre :

59. TRISTAN, *La Folie du Sage* (J. Madeleine).
73. CORNEILLE, *Le Cid* (M. Cauchie).
121. CORNEILLE, *L'Illusion comique* (R. Garapon).
126. CORNEILLE, *La Place royale* (J.-C. Brunon).
128. DESMARETS DE SAINT-SORLIN, *Les Visionnaires* (H. G. Hall).
143. SCARRON, *Dom Japhet d'Arménie* (R. Garapon).
160. CORNEILLE, *Andromède* (C. Delmas).
166. L'ESTOILE, *L'Intrigue des filous* (R. Guichemerre).
167-168. *La Querelle de l'École des Femmes* (G. Mongrédien). 2 vol.
176. SCARRON. *L'Héritier ridicule* (R. Guichemerre).

XVIIIe siècle.

131. DIDEROT, *Éléments de physiologie* (J. Mayer).
162. DUCLOS, *Les Confessions du Cte de N**** (L. Versini).